suhrkamp taschenbuch 1200

Hermann Hesse, am 2. Juli 1877 in Calw/Württemberg als Sohn eines baltendeutschen Missionars und einer württembergischen Missionarstochter geboren, 1946 ausgezeichnet mit dem Nobelpreis für Literatur, starb am 9. August 1962 in Montagnola bei Lugano.

Seine Bücher, Romane, Erzählungen, Betrachtungen, Gedichte, politischen, literatur- und kulturkritischen Schriften sind mittlerweile in einer Auflage von mehr als 80 Millionen Exemplaren in aller Welt verbreitet und haben ihn zum meistgelesenen europäischen Autor des 20. Jahrhunderts in den USA und in Japan gemacht.

Die erstmals 1909 veröffentlichte Geschichte des jungen Alfred Ladidel behandelt das heikle Problem des gesellschaftlichen Abstiegs von einer scheinbar höheren Klasse in eine scheinbar niedrigere. Auf welch abenteuerlichem Umweg Ladidel statt zu einem mittelmäßigen und unzufriedenen Notar zu einem tüchtigen und von seinem Beruf besessenen Friseur wird, erzählt Hesse mit liebevoller Milieukenntnis und großem Einfühlungsvermögen. Auf den Vorwurf der Kritik: »Warum mißbraucht ein Dichter seine guten Gaben dazu, in aller Ausführlichkeit einen Menschen zu entwickeln, dessen höchstes Ziel im Bartkratzen und Zöpfeflechten besteht? . . . Man fragt sich händeringend, was der Erzähler eigentlich an den dürftigen Philistern findet, mit deren billigen Zielen er uns vertraut macht«, antwortete Hesse 1912 u. a.:

»Ich habe zum Leben der Kleinen und Anspruchslosen, der Ladidel und Seldwyler von Kind auf ein halb humoristisches, halb neidisches Verhältnis . . . Ein Lehrbub, der seinen ersten Sonntagsrausch erlebt, und ein Ladenmädel, das sich verliebt, sind mir, offen gestanden, eigentlich ganz ebenso interessant wie ein Held oder Künstler oder Politiker oder Faust, denn sie leben nicht auf Gipfeln seltener Ausnahmeexistenzen . . . oft scheint mir, es gebe überhaupt nur Nebenfiguren, den Faust und Hamlet inbegriffen.«

Hermann Hesse
Ladidel

Erzählung

Suhrkamp

Erstdruck in *März*, München, ab Juli 1909.
Erstmals in Buchform in:
Hermann Hesse, *Umwege*, Berlin, 1912.
Umschlagmotiv nach einem Aquarell
Hermann Hesses.
Redaktion: Volker Michels.

suhrkamp taschenbuch 1200
Erste Auflage 1985

Suhrkamp Taschenbuch Verlag
Satz: LibroSatz, Kriftel/Taunus
Druck: Nomos Verlagsgesellschaft, Baden-Baden
Printed in Germany
Umschlag nach Entwürfen von
Willy Fleckhaus und Rolf Staudt

3 4 5 6 7 8 – 97 96 95 94 93 92

Ladidel

Erstes Kapitel

Der junge Herr Alfred Ladidel wußte von Kind auf das Leben leicht zu nehmen. Es war sein Wunsch gewesen, sich den höheren Studien zu widmen, doch als er mit einiger Verspätung die zu den oberen Gymnasialklassen führende Prüfung nur notdürftig bestanden hatte, entschloß er sich nicht allzuschwer, dem Rat seiner Lehrer und Eltern zu folgen und auf diese Laufbahn zu verzichten. Und kaum war dies geschehen und er als Lehrling in der Schreibstube eines Notars untergebracht, so lernte er einsehen, wie sehr Studententum und Wissenschaft doch meist überschätzt werden und wie wenig der wahre Wert eines Mannes von bestandenen Prüfungen und akademischen Semestern abhänge. Gar bald schlug diese Ansicht Wurzel in ihm, überwältigte sein Gedächtnis und veranlaßte ihn manchmal, unter Kollegen zu erzählen, wie er nach reiflichem Überlegen gegen den Wunsch der Lehrer diese scheinbar einfachere Laufbahn erwählt habe und daß dies der klügste Entschluß seines Lebens gewesen sei, wenn er ihn auch ein Opfer gekostet habe. Seinen

Altersgenossen, die in der Schule geblieben waren und die er jeden Tag mit ihren Büchermappen auf der Gasse antraf, nickte er mit Herablassung zu und freute sich, wenn er sie vor ihren Lehrern die Hüte ziehen sah. Tagsüber stand er geduldig unter dem Regiment seines Notars, der es den Anfängern nicht leicht machte. Am Abend übte er mit Kameraden die Kunst des Zigarrenrauchens und des sorglosen Flanierens durch die Gassen, auch trank er im Notfall unter seinesgleichen ein Glas Bier, obwohl er seine von der Mama erbettelten Taschengelder lieber zum Konditor trug, wie er denn auch im Kontor, wenn die andern zum Vesper ein Butterbrot mit Most genossen, stets etwas Süßes verzehrte, sei es nun an schmalen Tagen nur ein Brötchen mit Eingemachtem oder in reichlichern Zeiten ein Mohrenkopf, Butterteigkipfel oder Makrönchen.

Indessen hatte er seine erste Lehrzeit abgebüßt und war mit Stolz nach der Hauptstadt verzogen, wo es ihm überaus wohl gefiel. Erst hier kam der höhere Schwung seiner Natur zur vollen Entfaltung. Schon früher hatte sich der Jüngling zu den schönen Künsten hingezogen gefühlt und nach Schönheit und Ruhm Begierde getragen. Jetzt galt er unter seinen jüngeren Kollegen und Freunden unbestritten für einen famosen Bruder und begabten Kerl, der in Angelegenheiten der Geselligkeit und des Geschmacks als Führer galt und um Rat gefragt wurde. Denn hatte er schon als Knabe mit Kunst und Liebe gesungen, gepfiffen, deklamiert und getanzt, so war er in allen diesen schönen Übungen seither zum Meister geworden, ja er hatte neue dazu gelernt. Vor allem besaß er eine Gitarre, mit der er Lieder und spaßhafte Verslein begleitete und bei jeder Geselligkeit Beifall erntete, ferner machte er zuweilen Gedichte, die er aus dem Stegreif nach bekannten Melodien zur Gitarre vortrug, und ohne die Würde seines Standes zu verletzen, wußte er sich auf eine Art zu kleiden, die ihn als etwas Besonderes, Geniales kennzeichnete. Namentlich schlang er seine Halsbinden mit einer kühnen, freien Schleife, die keinem andern so gelang, und wußte sein hübsches braunes Haar edel und kavaliermäßig zu kämmen. Wer den Alfred Ladidel sah, wenn er an einem geselligen Abend des Vereins Quodlibet tanzte und die Damen unterhielt oder wenn er im Verein Fidelitas im Sessel zurückgelehnt seine kleinen lustigen Liedlein sang und dazu auf der am grünen Bande hängenden Gitarre mit zärtlichen Fingern harfte, und wie er dann abbrach und den lauten Beifall bescheidentlich abwehrte und sinnend leise auf den Saiten weiterfingerte, bis alles stürmisch um einen neuen Gesang bat, der mußte ihn hochschätzen, ja beneiden. Da er außer seinem kleinen Monatsgehalt von Hause ein anständiges Sackgeld bezog, konnte er sich diesen gesellschaftlichen Freuden ohne Sorgen hingeben und tat es mit Zufriedenheit und ohne Schaden, da er trotz seiner Weltfertigkeit in manchen Dingen fast noch ein Kind geblieben war. So trank er noch immer lieber Himbeerwasser als Bier und nahm, wenn es sein konnte, statt mancher Mahlzeit lieber eine Tasse Schokolade und ein paar Stücklein Kuchen beim Zuckerbäcker. Die Streber und Mißgünstigen unter seinen Kameraden, an denen es natürlich nicht fehlte, nannten ihn darum das Baby und nahmen ihn trotz aller schönen Künste nicht ernst. Dies war das einzige, was ihm je und je betrübte Stunden machte.

Mit der Zeit kam dazu allerdings noch ein anderer Schatten. Seinem Alter gemäß begann der junge Herr Ladidel den hübschen Mädchen sinnend nachzuschauen und war beständig in die eine oder andere verliebt. Das bereitete ihm aber bald mehr Pein als Lust, denn während sein Liebesverlangen wuchs, sanken sein Mut und Unternehmungsgeist auf diesem Gebiete immer mehr. Wohl sang er daheim in seinem Stüblein zum Saitenspiel viele verliebte und gefühlvolle Lieder, in Gegenwart schöner Mädchen aber entfiel ihm der Mut. Wohl war er immer ein vorzüglicher Tänzer, aber seine Unterhaltungskunst ließ ihn im Stiche, wenn er versuchen wollte, einiges von seinen Gefühlen kundzutun. Desto gewaltiger redete und sang und glänzte er dann freilich im Kreis seiner Freunde, allein er hätte ihren Beifall und alle seine Lorbeeren gerne für einen Kuß vom Munde eines schönen Mädchens hingegeben.

Diese Schüchternheit, die zu seinem übrigen Wesen nicht recht zu passen schien, hatte ihren Grund in einer Unverdorbenheit des Herzens, welche ihm seine Freunde gar nicht zutrauten. Diese fanden, wenn ihre Begierde es wollte, ihr Liebesvergnügen da und dort in kleinen Verhältnissen mit Dienstmädchen und Köchinnen, wobei es zwar verliebt zuging, von Leidenschaft und idealer Liebe oder gar von ewiger Treue und künftigem Ehebund aber keine Rede war. Und ohne dies alles mochte der junge Herr Ladidel sich die Liebe nicht vorstellen.

Dabei sahen ihn, ohne daß er es zu bemerken wagte, die Mädchen gern. Ihnen gefiel sein hübsches Gesicht, seine Tanzkunst und sein Gesang, und sie hatten auch das schüchterne Begehren an ihm gern und fühlten, daß unter seiner Schönheit und zierlichen Bildung ein unverbrauchtes und halb kindliches Herz sich verbarg.

Allein von diesen geheimen Sympathien hatte er einstweilen nichts, und wenn er auch in der Fidelitas noch immer Bewunderung genoß, ward doch der Schatten tiefer und bänglicher und drohte sein Leben allmählich fast zu verdunkeln. In solchen übeln Zeiten legte er sich mit gewaltsamem Eifer auf seine Arbeit, war zeitweilig ein musterhafter Notariatsgehilfe und bereitete sich abends mit Fleiß auf das Amtsexamen vor, teils um seine Gedanken auf andere Wege zu zwingen, teils um desto eher und sicherer in die ersehnte Lage zu kommen, als ein Werber, ja mit gutem Glück als ein Bräutigam auftreten zu können. Allerdings währten diese Zeiten niemals lange, da Sitzleder und harte Kopfarbeit seiner Natur nicht angemessen waren. Hatte der Eifer ausgetobt, so griff der Jüngling wieder zur Gitarre, spazierte zierlich und sehnsüchtig in den hauptstädtischen Straßen oder schrieb Gedichte in sein Heftlein. Neuerdings waren diese meist verliebter und gefühlvoller Art, und sie bestanden aus Worten und Versen, Reimen und hübschen Wendungen, die er in Liederbüchlein da und dort gelesen und behalten hatte. Diese setzte er zusammen, ohne weiteres dazu zu tun, und so entstand ein sauberes Mosaik von gangbaren Ausdrücken beliebter Liebesdichter. Es bereitete ihm Vergnügen, diese Verslein mit sauberer Kanzleihandschrift ins Reine zu schreiben, und er vergaß darüber oft für eine Stunde seinen Kummer ganz. Auch sonst lag es in seiner glücklichen Natur, daß er in guten wie bösen Zeiten gern ins Spielen geriet und darüber Wichtiges und Wirkliches vergaß. Schon das tägliche Herstellen seiner äußeren Erscheinung gab einen hübschen Zeitvertreib, das Führen des Kammes und der Bürste durch das halblange braune Haar, das Wichsen und sonstige Liebkosen des kleinen, lichten Schnurrbärtchens, das Schlingen des Krawattenknotens, das genaue Abbürsten des Rockes und das Reinigen und Glätten der Fingernägel. Weiterhin beschäftigte ihn häufig das Ordnen und Betrachten seiner Kleinodien, die er in einem Kästchen aus Mahagoniholz verwahrte. Darunter befanden sich ein Paar vergoldeter Manschettenknöpfe, ein in grünen Sammet gebundenes Büchlein mit der Aufschrift »Vergißmeinnicht«, worein er seine nächsten Freunde ihre Namen und Geburtstage eintragen ließ, ein aus weißem Bein geschnitzter Federhalter mit filigranfeinen gotischen Ornamenten und einem winzigen Glassplitter, der, wenn man ihn gegen das Licht hielt und hineinsah, eine Ansicht des Niederwalddenkmals enthielt, des weiteren ein Herz aus Silber, das man mit einem unendlich kleinen Schlüsselchen erschließen konnte, ein Sonntagstaschenmesser mit elfenbeinerner Schale und eingeschnitzten Edelweißblüten, endlich eine zerbrochene Mädchenbrosche mit mehreren zum Teil ausgesprungenen Granatsteinen, welche der Besitzer später bei einer festlichen Gelegenheit zu einem Schmuckstück für sich selber verarbeiten zu lassen gedachte. Daß es ihm außerdem an einem dünnen, eleganten Spazierstöcklein nicht fehlte, dessen Griff den Kopf eines Windhundes darstellte, sowie an einer Busennadel in Form einer goldenen Leier, versteht sich von selbst.

Wie der junge Mann seine Kostbarkeiten und Glanzstücke verwahrte und wert hielt, so trug er auch sein kleines, ständig brennendes Liebesfeuerlein getreu mit sich herum, besah es je nachdem mit Lust oder Wehmut und hoffte auf eine Zeit, da er es würdig verwenden und von sich geben könne.

Mittlerweile kam unter den Kollegen ein neuer Zug auf, der Ladidel nicht gefiel und seine bisherige Beliebtheit und Autorität stark erschütterte. Irgendein junger Privatdozent der Technischen Hochschule begann abendliche Vorlesungen über Volkswirtschaft zu halten, die namentlich von den Angestellten der Schreibstuben und niedern Ämter fleißig besucht wurden. Ladidels Bekannte gingen alle hin, und in ihren Zusammenkünften erhoben sich nun feurige Debatten über soziale Angelegenheiten und innere Politik, an welchen Ladidel weder teilnehmen wollte noch konnte. Er langweilte und ärgerte sich dabei, und da über dem neuen Geiste seine früheren Künste von den Kameraden fast vergessen und kaum mehr begehrt wurden, sank er mehr und mehr von seiner einstigen Höhe herab in ein ruhmloses Dunkel. Anfangs kämpfte er noch und nahm mehrmals Bücher mit nach Hause, allein er fand sie hoffnungslos langweilig, legte sie mit Seufzen wieder weg und tat auf die Gelehrsamkeit wie auf den Ruhm Verzicht.

In dieser Zeit, da er den hübschen Kopf weniger hoch trug, vergaß er eines Freitags, sich rasieren zu lassen, was er immer an diesem Tage sowie am Dienstag zu besorgen pflegte. Darum trat er auf dem abendlichen Heimweg, da er längst über die Straße hinausgegangen war, wo sein Barbier wohnte, in der Nähe seines Speisehauses in einen bescheidenen Friseurladen, um das Versäumte nachzuholen; denn ob ihn auch Sorgen bedrückten, mochte er dennoch keiner Gewohnheit untreu werden. Auch war ihm die Viertelstunde beim Barbier immer ein kleines Fest; er hatte nichts dagegen, wenn er etwa warten mußte, sondern saß alsdann vergnügt auf seinem Sessel, blätterte in einer Zeitung und betrachtete die mit Bildern geschmückten Anpreisungen von Seifen, Haarölen und Bartwichsen an der Wand, bis er an die Reihe kam und mit Genuß den Kopf zurücklegte, um die vorsichtigen Finger des Gehilfen, das kühle Messer und zuletzt die zärtliche Puderquaste auf seinen Wangen zu fühlen.

Auch jetzt flog ihn die gute Laune an, da er den Laden betrat, den Stock an die Wand stellte und den Hut aufhängte, sich in den weiten Frisierstuhl lehnte und das Rauschen des duftenden Seifenschaumes vernahm. Es bediente ihn ein junger Gehilfe mit aller Aufmerksamkeit, rasierte ihn, wusch ihn ab, hielt ihm den ovalen Handspiegel vor, trocknete ihm die Wangen, fuhr spielend mit der Puderquaste darüber und fragte höflich: »Sonst nichts gefällig?« Dann folgte er dem aufstehenden Gaste mit leisem Tritt, bürstete ihm den Rockkragen ab, empfing das wohlverdiente Rasiergeld und reichte ihm Stock und Hut. Das alles hatte den jungen Herrn in eine gütige und zufriedene Stimmung gebracht, er spitzte schon die Lippen, um mit einem wohligen Pfeifen auf die Straße zu treten, da hörte er den Friseurgehilfen, den er kaum angesehen hatte, fragen: »Verzeihen Sie, heißen Sie nicht Alfred Ladidel?«

Er faßte den Mann ins Auge und erkannte sofort seinen ehemaligen Schulkameraden Fritz Kleuber in ihm. Nun hätte er unter andern Umständen diese Bekanntschaft mit wenig Vergnügen anerkannt und sich gehütet, einen Verkehr mit einem Barbiergehilfen anzufangen, dessen er sich vor Kollegen zu schämen gehabt hätte. Allein er war in diesem Augenblick gut gestimmt, und außerdem hatte sein Stolz und Standesgefühl in dieser Zeit bedeutend nachgelassen. Darum geschah es ebenso aus guter Laune wie aus einem Bedürfnis nach Freundschaftlichkeit und Anerkennung, daß er dem Friseur die Hand hinstreckte und rief: »Schau, der Fritz Kleuber! Wir werden doch noch du zueinander sagen? Wie geht dir's?« Der Schulkamerad nahm die dargebotene Hand und das Du fröhlich an, und da er im Dienst war und keine Zeit hatte, verabredeten sie eine Zusammenkunft für den Sonntagnachmittag.

Auf diese Stunde freute der Barbier sich sehr, und er war dem alten Kameraden dankbar, daß er trotz seinem vornehmern Stande sich ihrer Schulfreundschaft hatte erinnern mögen. Fritz Kleuber hatte für den Nachbarssohn und Klassengenossen immer eine gewisse Verehrung gehabt, da jener ihm in allen Lebenskünsten überlegen gewesen war, und Ladidels zierliche Erscheinung hatte ihm auch jetzt wieder tiefen Eindruck gemacht. Darum bereitete er sich am Sonntag, sobald sein Dienst getan war, mit Sorgfalt auf den Besuch vor und legte seine besten Kleider an. Ehe er in das Haus trat, in dem Ladidel wohnte, wischte er die Stiefel mit einer Zeitung ab, dann stieg er freudig die Treppen empor und klopfte an die Türe, an der er Alfreds Visitenkarte leuchten sah.

Auch dieser hatte sich ein wenig vorbereitet, da er seinem Landsmann und Jugendfreund gern einen glänzenden Eindruck machen wollte. Er empfing ihn mit großer Herzlichkeit und hatte einen vortrefflichen Kaffee mit Gebäck auf dem Tische stehen, zu dem er Kleuber burschikos einlud.

»Keine Umstände, alter Freund, nicht wahr? Wir trinken unsern Kaffee zusammen und machen nachher einen Spaziergang, wenn dir's recht ist.«

Gewiß, es war ihm recht, er nahm dankbar Platz, trank Kaffee und aß Kuchen, bekam alsdann eine Zigarette und zeigte über diese schöne Gastlichkeit eine unverstellte Freude. Sie plauderten bald im alten heimatlichen Ton von den vergangenen Zeiten, von den Lehrern und Mitschülern und was aus diesen allen geworden sei. Der Friseur mußte ein wenig erzählen, wie es ihm seither gegangen und wo er überall herumgekommen sei, dann hub der andre an und berichtete ausführlich über sein Leben und seine Aussichten. Und am Ende nahm er die Gitarre von der Wand, stimmte und zupfte, fing zu singen an und sang Lied um Lied, lauter lustige Sachen, daß dem Friseur vor Lachen die Tränen in den Augen standen. Sie verzichteten auf den Spaziergang und beschauten statt dessen einige von Ladidels Kostbarkeiten, und darüber kamen sie in ein Gespräch über das, was jeder von ihnen sich unter einer feinen Lebensführung vorstellte. Da waren freilich des Barbiers Ansprüche an das Glück um vieles bescheidener als die seines Freundes, aber am Ende spielte er ganz ohne Absicht einen Trumpf aus, mit dem er dessen Achtung und Neid gewann. Er erzählte nämlich, daß er eine Braut in der Stadt habe, und lud den Freund ein, bald einmal mit ihm in ihr Haus zu gehen, wo er willkommen sein werde.

»Ei sieh«, rief Ladidel, »du hast eine Braut! So weit bin ich leider noch nicht. Wißt ihr denn schon, wann ihr heiraten könnt?«

»Noch nicht ganz genau, aber länger als zwei Jahre warten wir nimmer, wir sind schon über ein Jahr versprochen. Ich habe ein Muttererbe von dreitausend Mark, und wenn ich dazu noch ein oder zwei Jahre fleißig bin und was erspare, können wir wohl ein eigenes Geschäft aufmachen. Ich weiß auch schon wo, nämlich in Schaffhausen in der Schweiz, da habe ich zwei Jahre gearbeitet, der Meister hat mich gern und ist alt und hat mir noch nicht lang geschrieben, wenn ich soweit sei, mir überlasse er seine Sache am liebsten und nicht zu teuer. Ich kenne ja das Geschäft gut von damals her, es geht recht flott und ist gerade neben einem Hotel, da kommen viele Fremde, und außer dem Geschäft ist ein Handel mit Ansichtskarten dabei.«

Er griff in die Brusttasche seines braunen Sonntagsrockes und zog eine Brieftasche heraus, darin hatte er sowohl den Brief des Schaffhausener Meisters wie auch eine in Seidenpapier eingeschlagene Ansichtskarte mitgebracht, die er seinem Freunde zeigte.

»Ah, der Rheinfall!« rief Alfred, und sie schauten das Bild zusammen an. Es war der Rheinfall in einer purpurnen bengalischen Beleuchtung, der Friseur beschrieb alles, kannte jeden Fleck darauf und erzählte davon und von den vielen Fremden, die das Naturwunder besuchen, kam dann wieder auf seinen Meister und dessen Geschäft, las seinen Brief vor und war voller Eifer und Freude, so daß sein Kamerad schließlich auch wieder zu Wort kommen und etwas gelten wollte. Darum fing er an vom Niederwalddenkmal zu sprechen, das er selber zwar nicht gesehen hatte, wohl aber ein Onkel von ihm, und er öffnete seine Schatztruhe, holte den beinernen Federhalter heraus und ließ den Freund durch das kleine Gläslein schauen, das die Pracht verbarg. Fritz Kleuber gab gerne zu, daß das eine nicht mindere Schönheit sei als sein roter Wasserfall, und überließ bescheiden dem andern wieder das Wort, der sich nun nach dem Gewerbe seines Gastes erkundigte. Das Gespräch ward lebhaft, Ladidel wußte immer neues zu fragen, und Kleuber gab gewissenhaft und treulich Auskunft. Es war vom Schliff der Rasiermesser, von den Handgriffen beim Haarschneiden, von Pomaden und Ölen die Rede, und bei dieser Gelegenheit zog Fritz eine kleine Porzellandose mit feiner Pomade aus der Tasche, die er seinem Freunde und Wirt als ein bescheidenes Gastgeschenk anbot. Nach einigem Zögern nahm dieser die Gabe an, die Dose ward geöffnet und berochen, ein wenig probiert und endlich auf den Waschtisch gestellt.

Mittlerweile war es Abend geworden, Fritz wollte bei seiner Braut speisen und nahm Abschied, nicht ohne sich für das Genossene freundlich zu bedanken. Auch Alfred fand, es sei ein schöner und wohlverbrachter Nachmittag gewesen, und sie wurden einig, sich am Dienstag- oder Mittwochabend wieder zu treffen.

Zweites Kapitel

Inzwischen fiel es Fritz Kleuber ein, daß er sich für die Sonntagseinladung und den Kaffee bei Ladidel revanchieren und auch ihm wieder eine Ehre antun müsse. Darum schrieb er ihm montags einen Brief mit goldenem Rande und einer ins Papier gepreßten Taube und lud ihn ein, am Mittwochabend mit ihm bei seiner Braut, dem Fräulein Meta Weber in der Hirschengasse, zu speisen.

Auf diesen Abend bereitete Alfred Ladidel sich mit Sorgfalt vor. Er hatte sich über das Fräulein Meta Weber erkundigt und in Erfahrung gebracht, daß sie neben einer ebenfalls noch ledigen Schwester von einem lang verstorbenen Kanzleischreiber Weber abstammte, also eine Beamtentochter war, so daß er mit Ehren ihr Gast sein konnte. Diese Erwägung und auch der Gedanke an die noch ledige Schwester veranlaßten ihn, sich besonders schön zu machen und auch im voraus ein wenig an die Konversation zu denken.

Wohlausgerüstet erschien er gegen acht Uhr in der Hirschengasse und hatte das Haus bald gefunden, ging aber nicht hinein, sondern auf der Gasse auf und ab, bis nach einer Viertelstunde sein Freund Kleuber daherkam. Dem schloß er sich an, und sie stiegen hintereinander in die hochgelegene Wohnung der Jungfern hinauf. An der Glastüre empfing sie die Witwe Weber, eine schüchterne kleine Dame mit einem versorgten alten Leidensgesicht, das dem Notariatskandidaten wenig Frohes zu versprechen schien. Er grüßte, ward vorgestellt und in den Gang geführt, wo es dunkel war und nach der Küche duftete. Von da ging es in eine Stube, die war so groß und hell und fröhlich, wie man es nicht erwartet hätte; und vom Fenster her, wo Geranien im Abendscheine tief wie Kirchenfenster leuchteten, traten munter die zwei Töchter der Witwe. Diese waren ebenfalls freudige Überraschungen und überboten das Beste, was sich von der kleinen alten Frau erwarten ließ, um ein Bedeutendes.

»Grüß Gott«, sagte die eine und gab dem Friseur die Hand.

»Meine Braut«, sagte er zu Ladidel, und dieser näherte sich dem hübschen Mädchen mit einer Verbeugung ohne Tadel, zog die hinterm Rücken versteckte Hand hervor und bot der Jungfer einen Maiblumenstrauß dar, den er unterwegs gekauft hatte. Sie lachte und sagte Dank und schob ihre Schwester heran, die ebenfalls lachte und hübsch und blond war und Martha hieß. Dann setzte man sich unverweilt an den gedeckten Tisch zum Tee und einer mit Kressensalat bekränzten Eierspeise. Während der Mahlzeit wurde fast kein Wort gesprochen, Fritz saß neben seiner Braut, die ihm Butterbrote strich, und die alte Mutter schaute mühsam kauend um sich, mit dem unveränderlichen kummervollen Blick, hinter dem es ihr recht wohl war, der aber auf Ladidel einen beängstigenden Eindruck machte, so daß er wenig aß und sich bedrückt und still verhielt.

Nach Tisch blieb die Mutter zwar im Zimmer, verschwand jedoch in einem Lehnstuhl am Fenster, dessen Gardinen sie zuvor geschlossen hatte, und schien zu schlummern.

Die Jugend blühte dafür munter auf, und die Mädchen verwickelten den Gast in ein neckendes und kampflustiges Gespräch, wobei Fritz seinen Freund unterstützte. Von der Wand schaute der selige Herr Weber aus einem kirschholzenen Rahmen hernieder, außer seinem Bildnis aber war alles in dem behaglichen Zimmer hübsch und frohgemut, von den in der Dämmerung verglühenden Geranien bis zu den Kleidern und Schühlein der Mädchen und bis zu einer an der Schmalwand hängenden Mandoline. Auf diese fiel, als das Gespräch ihm anfing heiß zu machen, der Blick des Gastes, er äugte heftig hinüber und drückte sich um eine fällige Antwort, die ihm Not machte, indem er sich erkundigte, welche von den Schwestern denn musikalisch sei und die Mandoline spiele. Das blieb nun an Martha hängen, und sie wurde sogleich von Schwester und Schwager ausgelacht, da die Mandoline seit den Zeiten einer längst verwehten Backfischschwärmerei her kaum mehr Töne von sich gegeben hatte. Dennoch bestand Herr Ladidel darauf, Martha müsse etwas vorspielen, und bekannte sich als einen unerbittlichen Musikfreund. Da das Fräulein durchaus nicht zu bewegen war, griff schließlich Meta nach dem Instrument und legte es vor sie hin, und da sie abwehrend lachte und rot wurde, nahm Ladidel die Mandoline an sich und klimperte leise mit suchenden Fingern darauf herum.

»Ei, Sie können es ja«, rief Martha. »Sie sind ein Schöner, bringen andre Leute in Verlegenheit und können es nachher selber besser.«

Er erklärte bescheiden, das sei nicht der Fall, er habe kaum jemals so ein Ding in Händen gehabt, hingegen spiele er allerdings seit mehreren Jahren die Gitarre.

»Ja«, rief Fritz, »ihr solltet ihn nur hören! Warum hast du auch das Instrument nicht mitgebracht? Das muß du nächstes Mal tun, gelt!«

Der Abend ging hin wie auf Flügeln. Als die beiden Jünglinge Abschied nahmen, erhob sich am Fenster klein und sorgenvoll die vergessene Mutter und wünschte eine gute Nacht. Fritz ging noch ein paar Gassen weiter mit Ladidel, der des Vergnügens und Lobes voll war.

In der stillgewordenen Weberschen Wohnung wurde gleich nach dem Weggange der

Gäste der Tisch geräumt und das Licht gelöscht. In der Schlafstube hielten wie gewöhnlich die beiden Mädchen sich still, bis die Mutter eingeschlafen war. Alsdann begann Martha, anfänglich flüsternd, das Geplauder.

»Wo hast du denn deine Maiblumen hingetan?«

»Du hast's ja gesehen, ins Glas auf dem Ofen.«

»Ach ja. Gut Nacht!«

»Ja, bist müd?«

»Ein bißchen.«

»Du, wie hat dir denn der Notar gefallen? Ein bissel geschleckt, nicht?«

»Warum?«

»Na, ich habe immer denken müssen, mein Fritz hätte Notar werden sollen und dafür der andere Friseur. Findest du nicht auch? Er hat so was Süßes.«

»Ja, ein wenig schon. Aber er ist doch nett und hat Geschmack. Hast du seine Krawatte gesehen?«

»Freilich.«

»Und dann, weißt du, er hat etwas Unverdorbenes. Anfangs war er ja ganz schüchtern.«

»Er ist auch erst zwanzig Jahr. – Na, gut Nacht also!«

Martha dachte noch eine Weile, bis sie einschlief, an den Alfred Ladidel. Er hatte ihr gefallen, und sie ließ eine kleine Kammer in ihrem Herzen für den hübschen Jungen offen, falls er eines Tages Lust hätte, einzutreten und Ernst zu machen. Denn an einer großen Liebelei war ihr nicht gelegen, teils weil sie diese Vorschule schon vor Zeiten hinter sich gebracht hatte (woher noch die Mandoline rührte), teils weil sie nicht Lust hatte, noch lange neben der um ein Jahr jüngeren Meta unverlobt einherzugehen.

Auch dem Notariatskandidaten war das Herz nicht unbewegt geblieben. Zwar lebte er noch in dem dumpfen Liebesdurst eines kaum flügge Gewordenen und verliebte sich in jedes hübsche Töchterlein, das er zu sehen bekam; und es hatte ihm eigentlich Meta besser gefallen. Doch war diese nun einmal schon Fritzens Braut und nimmer zu haben, und Martha konnte sich neben jener wohl auch zeigen; so war Alfreds Herz im Laufe des Abends mehr und mehr nach ihrer Seite geglitten und trug ihr Bildnis mit dem hellen, schweren Kranz von blonden Zöpfen in unbestimmter Verehrung davon.

Bei solchen Umständen dauerte es nur wenige Tage, bis die kleine Gesellschaft wieder in der abendlichen Wohnstube beisammensaß; nur daß diesmal die jungen Herren später gekommen waren, da der Tisch der Witwe eine so häufige Bewirtung von Gästen nicht vermocht hätte. Dafür brachte Ladidel seine Gitarre mit, die ihm Fritz mit Stolz vorantrug. Der Musikant wußte es so einzurichten, daß zwar seine Kunst zur Geltung kam und reichen Beifall erweckte, er aber doch nicht allein blieb und alle Kosten trug. Denn nachdem er einige Lieder vorgetragen und in Kürze die Kunst seines Gesanges und Saitenspiels entfaltet hatte, zog er die andern mit ins Spiel und stimmte lauter Weisen an, die gleich beim ersten Takt von selber zum Mitsingen verlockten.

Das Brautpaar, von der Musik und der festlichen Stimmung erwärmt und benommen, rückte nahe zusammen und sang nur leise und strophenweise mit, dazwischen plaudernd und sich mit verstohlenen Fingern streichelnd, wogegen Martha dem Spieler gegenüber saß, ihn im Auge behielt und alle Verse freudig mitsang. Als beim Abschiednehmen in dem schlecht erleuchteten Gang das Brautpaar seine Küsse tauschte, standen die beiden andern eine Minute lang verlegen wartend da. Im Bett brachte sodann Meta die Rede wieder auf den Notar, wie sie ihn immer nannte, dieses Mal voller Anerkennung und Lob. Aber die Schwester sagte nur ja, ja, legte den blonden Kopf auf beide Hände und lag lange still und wach, ins Dunkle schauend und tief atmend. Später als die Schwester schon schlief, stieß Martha einen langen, leisen Seufzer aus, der jedoch keinem gegenwärtigen Leide galt, sondern nur einem dumpfen Gefühl für die Unsicherheit aller Liebeshoffnungen entsprang und den sie nicht wiederholte. Vielmehr entschlief sie bald darauf mit einem Lächeln auf dem frischen Munde.

Der Verkehr gedieh behaglich weiter, Fritz Kleuber nannte den eleganten Alfred mit Stolz seinen Freund. Meta sah es gerne, daß ihr Verlobter nicht allein kam, sondern den Musikanten mitbrachte, und Martha gewann den Gast desto lieber, je mehr sie seine fast noch kindliche Harmlosigkeit erkannte. Ihr schien, dieser hübsche und lenksame Jüngling wäre recht zu einem Manne für sie geschaffen, mit dem sie sich zeigen und auf den sie stolz sein könnte, ohne ihm doch jegliche Herrschaft überlassen zu müssen.

Auch Alfred, der mit seinem Empfang bei den Weberschen sehr zufrieden war, spürte in Marthas Freundlichkeit eine Wärme, die er bei aller Schüchternheit wohl zu schätzen wußte. Eine Liebschaft und Verlobung mit dem schönen, stattlichen Mädchen wollte ihm in kühnen Stunden nicht ganz unmöglich, zu allen Zeiten aber begehrenswert und lockend erscheinen.

Dennoch geschah von beiden Seiten nichts Entscheidendes, und das hatte manche Gründe. Vor allem hatte Martha an dem jungen Manne im längeren Umgang manches Unreife und Knabenhafte entdeckt und es rätlich gefunden, einem noch so unerfahrenen Jünglinge den Weg zum Glücke nicht allzusehr zu erleichtern. Sie sah wohl, daß es ihr ein leichtes wäre, ihn an sich zu nehmen und festzuhalten, aber es erschien ihr billig, daß der junge Herr es nicht allzuleicht habe und nicht am Ende gar den Eindruck gewänne, sie habe sich ihm nachgeworfen. Immerhin war es ihr Wille, ihn zu bekommen, und sie beschloß, ihn einstweilen wohl im Auge zu behalten und gerüstet den Zeitpunkt zu erwarten, da er seines Glückes würdig sein würde.

Bei Ladidel waren es andere Bedenken, die ihm die Zunge banden. Da war zuerst seine Schüchternheit, die ihn immer wieder dazu brachte, seinen Beobachtungen zu mißtrauen und an der Einbildung, er werde geliebt und begehrt, zu verzweifeln. Sodann fühlte er sich dem Mädchen gegenüber sehr jung und unfertig – nicht mit Unrecht, obwohl sie kaum drei oder vier Jahre älter sein konnte als er. Und schließlich erwog er in ernsthaften Stunden mit Bangen, auf welch unfesten Grund seine äußere Existenz gebaut war. Je näher nämlich das Jahr heranrückte, in dem er die bisherige untergeordnete Tätigkeit beenden und im Staatsexamen seine Fähigkeit und Wissenschaft kundtun mußte, desto dringender wurden seine Zweifel. Wohl hatte er alle hübschen, kleinen Übungen und Äußerlichkeiten des Amtes rasch und sicher erlernt, er machte im Büro eine gute Figur und spielte den beschäftigten Schreiber vortrefflich; aber das Studium der Gesetze fiel ihm schwer, und wenn er an alles das dachte, was im Examen verlangt wurde, brach ihm der Schweiß aus.

Zuweilen sperrte er sich verzweifelt in seiner Stube ein und beschloß, den steilen Berg der Wissenschaft im Sturm zu nehmen. Kompendien, Gesetzbücher und Kommentare lagen auf seinem Tisch, er stand morgens früh auf und setzte sich fröstelnd hin, er spitzte Bleistifte und machte sich genaue Arbeitspläne für Wochen voraus. Aber sein Wille war schwach, er hielt niemals lange aus, er fand immer andres zu tun, was im Augenblick nötiger und wichtiger schien; und je länger die Bücher dalagen und ihn anschauten, desto bitterer ward ihr Inhalt.

Inzwischen wurde seine Freundschaft mit Fritz Kleuber immer fester. Es geschah zuweilen, daß Fritz ihn abends aufsuchte und, wenn es eben nötig schien, sich erbot, ihn zu rasieren. Dabei fiel es Alfred ein, diese Hantierung selber zu probieren, und Fritz ging mit Vergnügen darauf ein. Auf seine ernsthafte und beinah ehrerbietige Art zeigte er dem hochgeschätzten Freund die Handgriffe, lehrte ihn ein Messer tadellos abziehen und einen guten, haltbaren Seifenschaum schlagen. Alfred zeigte sich, wie der andre vorausgesagt hatte, überaus gelehrig und fingerfertig. Bald vermochte er nicht nur sich selber schnell und fehlerlos zu barbieren, sondern auch seinem Freund und Lehrmeister diesen Dienst zu tun, und er fand darin ein Vergnügen, das ihm manchen von den Studien verbitterten Tag auf den Abend noch rosig machte. Eine ungeahnte Lust bereitete es ihm, als Fritz ihn auch noch in das Haarflechten einweihte. Er brachte ihm nämlich, von seinen schnellen Fortschritten entzückt, eines Tages einen künstlichen Zopf aus Frauenhaar mit und zeigte ihm, wie ein solches Kunstwerk entstehe. Ladidel war sofort begeistert für dieses zarte Handwerk und machte sich mit geduldigen Fingern daran, die Strähne zu lösen und wieder ineinander zu flechten. Es gelang ihm bald, und nun kam Fritz mit schwereren und feineren Arbeiten, und Alfred lernte spielend, zog das lange seidne Haar mit Feinschmeckerei durch die Finger, vertiefte sich in die Flechtarten und Frisurstile, ließ sich bald auch das Lockenbrennen zeigen und hatte nun bei jedem Zusammensein mit dem Freunde lange

Unterhaltungen über fachmännische Dinge. Er schaute nun auch die Frisuren aller Frauen und Mädchen, denen er begegnete, mit prüfendem und lernendem Auge an und überraschte Kleuber durch manches treffende Urteil.

Nur bat er ihn wiederholt und dringend, den beiden Fräulein Weber nichts von diesem Zeitvertreib zu sagen. Er fühlte, daß er mit dieser neuen Kunst dort wenig Ehre ernten würde. Und dennoch war es sein Lieblingstraum und verstohlener Herzenswunsch, einmal die langen blonden Haare der Jungfer Martha in seinen Händen zu haben und ihr neue, kunstvolle Zöpfe zu flechten.

Darüber vergingen die Tage und Wochen des Sommers. Es war in den letzten Augusttagen, da nahm Ladidel an einem Spaziergang der Familie Weber teil. Man wanderte das Flußtal hinauf zu einer Burgruine und ruhte in deren Schatten auf einer schrägen Bergwiese vom Gehen aus. Martha war an diesem Tage besonders freundlich und vertraulich mit Alfred umgegangen, nun lag sie in seiner Nähe auf dem grünen Hang, ordnete einen Strauß von späten Feldblumen, tat ein paar silbrige zitternde Grasblüten hinzu und sah gar lieb und reizend aus, so daß Alfred den Blick nicht von ihr lassen konnte. Da bemerkte er, daß etwas an ihrer Frisur aufgegangen war, rückte ihr nahe und sagte es, und zugleich wagte er es, streckte seine Hände nach den blonden Zöpfen aus und erbot sich, sie in Ordnung zu bringen. Martha aber, einer solchen Annäherung von ihm ganz ungewohnt, wurde rot und ärgerlich, wies ihn kurz ab und bat ihre Schwester, das Haar aufzustecken. Alfred schwieg betrübt und ein wenig verletzt, schämte sich und nahm später die Einladung, bei Frau Weber zu speisen, nicht an, sondern ging nach der Rückkehr in die Stadt sogleich seiner Wege.

Es war die erste kleine Verstimmung zwischen den Halbverliebten, und sie hätte wohl dazu dienen können, ihre Sache zu fördern und in Gang zu bringen. Doch ging es umgekehrt, und es kamen andere Dinge dazwischen.

Drittes Kapitel

Martha hatte es mit ihrem Verweise nicht schlimm gemeint und war nun erstaunt, als sie wahrnahm, daß Alfred eine Woche und länger ihr Haus mied. Er tat ihr ein wenig leid, und sie hätte ihn gerne wiedergesehen. Als er aber acht und zehn Tage ausblieb und wirklich zu grollen schien, besann sie sich darauf, daß sie ihm das Recht zu einem so liebhabermäßigen Betragen niemals eingeräumt habe. Nun begann sie selber zu zürnen. Wenn er wiederkäme und den gnädig Versöhnten spielen würde, wollte sie ihm zeigen, wie sehr er sich getäuscht habe.

Indessen war sie selbst im Irrtum, denn Ladidels Ausbleiben hatte nicht Trotz, sondern Schüchternheit und Furcht vor Marthas Strenge zur Ursache. Er wollte einige Zeit vergehen lassen, bis sie ihm seine damalige Zudringlichkeit vergeben und er selber die Dummheit vergessen und die Scham überwunden habe. In dieser Bußzeit spürte er deutlich, wie sehr er sich schon an den Umgang mit Martha gewöhnt hatte und wie sauer es ihn ankommen würde, auf die warme

Nähe eines lieben Mädchens wieder zu verzichten. Er hielt es denn auch nicht länger als bis in die Mitte der zweiten Woche aus, rasierte sich eines Tages sorgfältig, schlang eine neue Binde um und sprach bei den Weberschen vor, diesmal ohne Fritz, den er nicht zum Zeugen seiner Beschämtheit machen wollte.

Um nicht mit leeren Händen und lediglich als Bettler zu erscheinen, hatte er sich einen Plan ausgedacht. Es stand für die letzte Woche des September ein großes Fest- und Preisschießen bevor, worauf die ganze Stadt schon eifrig rüstete. Zu dieser Lustbarkeit gedachte Alfred Ladidel die beiden Fräulein Weber einzuladen und hoffte damit eine hübsche Begründung seines Besuches wie auch gleich einen Stein im Brett bei Martha zu gewinnen.

Ein freundlicher Empfang hätte den Verliebten, der seit Tagen seiner Einsamkeit übersatt war, getröstet und zum treuen Diener gemacht. Nun hatte aber Martha, durch sein Ausbleiben verletzt, sich hart und strenge gemacht. Sie grüßte kaum, als er die Stube betrat, überließ Empfang und Unterhaltung ihrer Schwester und ging, mit Abstauben beschäftigt, im Zimmer ab und zu, als wäre sie allein. Ladidel war sehr eingeschüchtert und wagte erst nach einer Weile, da sein verlegenes Gespräch mit Meta versiegte, sich an die Beleidigte zu wenden und seine Einladung vorzubringen.

Die aber war jetzt nicht mehr zu fangen. Alfreds demütige Ergebenheit bestärkte nur ihren Beschluß, das Bürschlein diesmal in die Kur zu nehmen und ihm die Krallen zu stutzen. Sie hörte kühl zu und lehnte die Einladung ab mit der Begründung, es stehe ihr nicht zu, mit jungen Herren Feste zu besuchen, und was ihre Schwester angehe, so sei diese verlobt und es sei Sache ihres Bräutigams, sie einzuladen, falls er dazu Lust habe.

Da griff Ladidel nach seinem Hut, verbeugte sich kurz und ging davon wie ein Mann, der bedauert, an einer falschen Türe angeklopft zu haben, und nicht im Sinn hat, wiederzukommen. Meta versuchte zwar, ihn zurückzuhalten und ihm zuzureden, Martha aber hatte seine Verbeugung mit einem Nicken kühl erwidert, und Alfred war es nicht anders zumute, als hätte sie ihm für immer abgewinkt.

Einen geringen Trost gewährte ihm der Gedanke, daß er sich in dieser Sache männlich und stolz gezeigt habe. Zorn und Trauer überwogen jedoch, grimmig lief er nach Hause, und als am Abend Fritz Kleuber ihn besuchen wollte, ließ er ihn an der Tür klopfen und wieder gehen, ohne sich zu zeigen. Die Bücher sahen ihn ermahnend an, die Gitarre hing an der Wand, aber er ließ alles liegen und hängen, ging aus und trieb sich den Abend in den Gassen herum, bis er müde war. Dabei fiel ihm alles ein, was er je Böses über die Falschheit und Wandelbarkeit der Weiber hatte sagen hören und was ihm früher als ein leeres und scheelsüchtiges Geschwätz erschienen war. Jetzt begriff er alles und fand auch die bittersten Worte zutreffend.

Es vergingen einige Tage, und Alfred hoffte beständig, gegen seinen Stolz und Willen, es möchte etwas geschehen, ein Brieflein oder eine Botschaft durch Fritz kommen, denn nachdem der erste Groll vertan war, schien ihm eine Versöhnung doch nicht ganz außer der Möglichkeit, und sein Herz wandte sich über alle Gründe hinweg zu dem bösen Mädchen zurück. Allein es geschah nichts, und es kam niemand. Das große Schützenfest jedoch rückte näher, und ob es dem betrübten Ladidel gefiel oder nicht, er mußte tagaus tagein sehen und hören, wie jedermann sich bereitmachte, die glänzenden Tage zu feiern. Es wurden Bäume errichtet und Girlanden geflochten, Häuser mit Tannenzweigen geschmückt und Torbögen mit Inschriften, die große Festhalle am Wasen war fertig und ließ schon Fahnen flattern, und dazu tat der Herbst seine schönste Bläue auf.

Obwohl Ladidel sich wochenlang auf das Fest gefreut hatte und obwohl ihm und seinen Kollegen ein freier Tag oder gar zwei bevorstanden, verschloß er sich doch der Freude gewaltsam und hatte fest im Sinn, die Festlichkeiten mit keinem Auge zu betrachten. Mit Bitterkeit sah er Fahnen und Laubgewinde, hörte da und dort hinter offenen Fenstern die Musikkapellen Proben halten und die Mädchen bei der Arbeit singen, und je mehr die Stadt von Erwartung und Vorfreude scholl und tönte, desto feindseliger ging er in dem Getümmel seinen finstern Weg, das Herz voll grimmiger Entsagung. In der Schreibstube hatten die Kollegen schon seit einiger

Zeit von nichts als dem Fest gesprochen und Pläne ausgeheckt, wie sie der Herrlichkeit recht schlau und gründlich froh werden wollten. Zuweilen gelang es Ladidel, den Unbefangenen zu spielen und so zu tun, als freue auch er sich und habe seine Absichten und Pläne; meistens aber saß er schweigend an seinem Pult und trug einen wilden Fleiß zur Schau. Dabei brannte ihm die Seele nicht nur um Martha und den Verdruß mit ihr, sondern mehr und mehr auch um die große Festlichkeit, auf die er so lang und freudig gewartet hatte und von der er nun nichts haben sollte.

Seine letzte Hoffnung fiel dahin, als Kleuber ihn aufsuchte, wenige Tage vor dem Beginn des Festes. Dieser machte ein betrübtes Gesicht und erzählte, er wisse gar nicht, was den Mädchen zu Kopf gestiegen sei, sie hätten seine Einladung zum Fest abgelehnt und erklärt, in ihren Verhältnissen könne man keine Lustbarkeiten mitmachen. Nun machte er Alfred den Vorschlag, mit ihm zusammen sich frohe Festtage zu schaffen, es geschehe den spröden Jungfern ganz recht, wenn er nun eben ohne sie den einen oder andern Taler draufgehen lasse. Allein Ladidel widerstand auch dieser Versuchung. Er dankte freundlich, erklärte aber, er sei nicht recht wohl und wolle auch die freie Zeit dazu benutzen, um in seinen Studien weiterzukommen. Von diesen Studien hatte er seinem Freunde früher so viel erzählt und so viel Kunstausdrücke und Fremdwörter dabei angewendet, daß Fritz in tiefem Respekt keine Einwände wagte und traurig wieder ging.

Indessen kam der Tag, da das Schützenfest eröffnet werden sollte. Es war Sonntag, und das Fest sollte die ganze Woche dauern. Die Stadt hallte von Gesang, Blechmusik, Böllerschießen und Freudenrufen wider, aus allen Straßen her kamen und sammelten sich Züge, Vereine aus dem ganzen Lande waren angekommen. Allenthalben schallte Musik, und die Ströme der Menschen und die Weisen der Musikkapellen trafen am Ende alle vor der Stadt am Schützenhause zusammen, wo das Volk seit dem Morgen zu Tausenden wartend stand. Schwarz drängte der Zug in dickem Fluß heran, schwer wankten die Fahnen darüber und stellten sich auf, und eine Musikbande um die andere schwenkte rauschend auf den gewaltigen Platz. Auf alle diese Pracht schien eine heitere Sonntagssonne hernieder. Die Bannerträger hatten dicke Tropfen auf den geröteten Stirnen, die Festordner schrien heiser und rannten wie Besessene umher, von der Menge gehänselt und durch Zurufe angefeuert; wer in der Nähe war und Zutritt fand, nahm die Gelegenheit wahr, schon um diese frühe Stunde an den wohlversehenen Trinkhallen einen frischen Trunk zu erkämpfen.

Ladidel saß in seiner Stube auf dem Bett und hatte noch nicht einmal Stiefel an, so wenig schien ihm an der Freude gelegen. Er trug sich jetzt, nach langen ermüdenden Nachtgedanken, mit dem Vorsatz, einen Brief an Martha zu schreiben. Nun zog er aus der Tischlade sein Schreibzeug und einen Briefbogen mit seinem Monogramm hervor, steckte eine neue Feder ins Rohr, machte sie mit der Zunge naß, prüfte die Tinte und schrieb alsdann in einer runden, elegant ausholenden Kanzleischrift zunächst die Adresse, an das wohlgeborene Fräulein Martha Weber in der Hirschgasse, zu eigenen Händen. Mittlerweile stimmte ihn das aus der Ferne herübertönende Geblase und Festgelärme elegisch, und er fand es gut, seinen Brief mit der

Schilderung dieser Stimmung anzufangen. So begann er mit Sorgfalt:

»Sehr geehrtes Fräulein!

Erlauben Sie mir, mich an Sie zu wenden. Es ist Sonntagmorgen, und die Musik spielt von ferne, weil das Schützenfest beginnt. Nur ich kann an demselben nicht teilnehmen und bleibe daheim.«

Er überlas die Zeilen, war zufrieden und besann sich weiter. Da fiel ihm noch manche schöne und treffende Wendung ein, mit welcher er seinen betrübten Zustand schildern konnte. Aber was dann? Es wurde ihm klar, daß dies alles nur insofern einen Wert und Sinn haben konnte, als es die Einleitung zu einer Liebeserklärung und Werbung wäre. Und wie konnte er dies wagen? Was er auch dachte und ausfand, es hatte alles keinen Wert, solange er nicht sein Examen und damit die Berechtigung zur Werbung hatte.

Also saß er wieder unschlüssig und verzweifelt. Eine Stunde verging, und er kam nicht weiter. Das ganze Haus lag in tiefer Ruhe, da alles draußen war, und über die

Dächer hinweg jubelte die ferne Musik. Ladidel hing seiner Trauer nach und bedachte, wieviel Freude und Lust ihm heute verlorenging und daß er kaum in langer Zeit, ja vielleicht niemals wieder Gelegenheit haben würde, eine so große und glänzende Festlichkeit zu sehen. Darüber überfiel ihn ein Mitleiden mit sich selber und ein unüberwindliches Trostbedürfnis, dem die Gitarre nicht zu genügen vermochte.

Darum tat er gegen Mittag das, was er durchaus nicht hatte tun wollen. Er zog seine Stiefel an und verließ das Haus, und während er nur hin und wider zu wandeln meinte und bald wieder daheim sein und an den Brief und an sein Elend denken wollte, zogen ihn Musik und Lärm und Festzauber von Gasse zu Gasse, wie der Magnetberg ein Schiff, und unversehens stand er bei dem Schützenhaus. Da wachte er auf und schämte sich seiner Schwäche und meinte seine Trauer verraten zu haben, doch währte alles dies nur Augenblicke, denn die Menge trieb und toste betäubend, und Ladidel war nicht der Mann, in diesem Jubel fest zu bleiben oder wieder zu gehen.

Ladidel trieb ohne Ziel und ohne Willen

umher, von der Menge mitgenommen, und sah und hörte und roch und atmete so viel Erregendes ein, daß ihm wohlig schwindelte. Es rauschte aus Trompeten und Hörnern da und dort und überall feurige Blechmusik, und in Pausen drang von der Ferne her, wo das Tafeln begonnen hatte, eindringlich und süß die weichere Musik von Geigen und Flöten. Außerdem geschah auf Schritt und Tritt in der Menge des Volkes viel Sonderbares, Erheiterndes und Erschreckendes, es wurden Pferde scheu, Kinder fielen um und schrien, ein vorzeitig Betrunkener sang unbekümmert, als wäre er allein, sein Lied. Händler zogen rufend umher mit Orangen und Zukkerwaren, mit Luftballonen für die Kinder, mit Backwerk und mit künstlichen Blumensträußen für die Hüte der Burschen, abseits drehte sich unter heftiger Orgelmusik ein Karussell. Hier hatte ein Hausierer laute Händel mit einem Käufer, der nicht zahlen wollte, dort führte ein Polizeidiener ein verlaufenes Büblein an der Hand.

Dieses heftige Leben sog der betäubte Ladidel in sich und fühlte sich beglückt, an einem solchen Treiben teilzunehmen und

Dinge mit Augen zu sehen, von denen man noch lange im ganzen Lande reden würde. Es war ihm wichtig, zu hören, um welche Stunde man den König erwarte, und als es ihm gelungen war, in die Nähe der Ehrenhalle zu dringen, wo die Tafel auf einer fahnengeschmückten Höhe stattfand, sah er mit Bewunderung und Verehrung den Oberbürgermeister, die Stadtvorstände und andre Würdenträger mit Orden und Abzeichen zumitten des Ehrentisches sitzen und speisen und weißen Wein aus geschliffenen Gläsern trinken. Flüsternd nannte man die Namen der Männer, und wer etwas Weiteres über sie wußte oder gar schon mit ihnen zu tun gehabt hatte, fand dankbare Zuhörer. Daß das alles vor seinen Augen vor sich ging und soviel Glück zu schauen ihm vergönnt war, machte einen jeden glücklich. Auch der kleine Ladidel staunte und bewunderte und fühlte sich groß und bedeutend als Zuschauer solcher Dinge; er sah ferne Tage voraus, da er Leuten, die weniger glücklich waren und nicht hatten dabei sein können, die ganze Herrlichkeit genau beschreiben würde.

Das Mittagessen vergaß er ganz, und als er

nach einigen Stunden Hunger verspürte, setzte er sich in das Zelt eines Zuckerbäckers und verzehrte ein paar Stücke Kuchen. Dann eilte er, um ja nichts zu versäumen, wieder ins Gewühl und war so glücklich, den König zu sehen, wenn auch nur von hinten. Nun erkaufte er sich den Eintritt zu den Schießständen, und wenn er auch vom Schießwesen nichts verstand, sah er doch mit Vergnügen und Spannung den Schützen zu, ließ sich einige berühmte Helden zeigen und betrachtete mit Ehrfurcht das Mienenspiel und Augenzwinkern der Schießenden. Alsdann suchte er das Karussell auf und sah ihm eine Weile zu, wandelte unter den Bäumen in der frohen Menschenflut, kaufte eine Ansichtskarte mit dem Bildnis des Königs, hörte alsdann lange Zeit einem Marktschreier zu, der seine Waren ausrief und einen Witz um den andern machte, und weidete seine Augen am Anblick der geputzten Volksscharen. Errötend entwich er von der Bude eines Photographen, dessen Frau ihn zum Eintritt eingeladen und unter dem Gelächter der Umstehenden einen entzückenden jungen Don Juan genannt hatte. Und immer wieder blieb er stehen, um einer Musik zuzuhören, bekannte Melodien mitzusummen und sein Stöcklein im Takt dazu zu schwingen.

Über dem allem wurde es Abend, das Schießen hatte ein Ende, und es begann da und dort ein Zechen in Hallen oder unter Bäumen. Während der Himmel noch in zartem Lichte schwamm und Türme und ferne Berge in der Herbstabendklarheit standen, glommen hier und dort schon Lichter und Laternen auf. Ladidel ging in seinem Rausche dahin und bedauerte das Sinken des Tages. Die Bürgerschaft eilte nun heimwärts zum Abendessen, müdgewordene Kinder ritten taumelnd auf den Schultern der Väter, die eleganten Wagen verschwanden. Dafür regten sich Lust und Übermut der Jugend, die sich auf Tanz und Wein freute, und wie es auf dem Platze und den Gassen leerer ward, tauchte da und dort und an jeder Ecke ein Liebespaar auf, Arm in Arm voll Ungeduld und Ahnung nächtlicher Lust.

Um diese Stunde begann die Fröhlichkeit Ladidels sich zu verlieren wie das hinschwindende Tageslicht. Ergriffen und traurig werdend strich der einsame Jüngling durch den

Abend. Es kicherte kein Liebespaar an ihm vorbei, dem er nicht nachsah, und als nun in einem Garten unter hohen schwarzen Kastanien mit lockender Pracht Reihen von roten Papierampeln aufglühten und aus ebendiesem Garten her eine weiche, sehnliche Musik ertönte, da folgte er dem Ruf der heißen, flüsternden Geigen und trat ein. An langen Tischen aß und trank viel junges Volk, dahinter wartete ein großer Tanzplan erst halb erleuchtet. Der junge Mann nahm am leeren Ende eines Tisches Platz und verlangte Wein und Essen. Dann ruhte er aus, atmete die Gartenluft und horchte auf die Musik, aß ein weniges und trank langsam in kleinen Schlücken den ungewohnten Wein. Je länger er in die roten Lampen schaute, die Geigen spielen hörte und den Duft der Festnacht atmete, desto einsamer und elender kam er sich vor. Wohin er blickte, sah er rote Wangen und begierige Augen leuchten, junge Burschen in Sonntagskleidern mit kühnen und herrischen Blicken, Mädchen im Putz mit verlangenden Augen und tanzbereiten, unruhigen Füßen. Und er war noch nicht lange mit seinem Abendessen fertig, als die

Musik mit erneuter Wucht und Süße anstimmte, der Tanzplatz von hundert Lichtern strahlte und Paar auf Paar in Eile sich zum Tanze drängte.

Ladidel sog langsam an seinem Wein, um noch eine Weile dableiben zu können, und als der Wein doch schließlich zu Ende war, konnte er sich nicht entschließen, heimzugehen. Er ließ nochmals ein kleines Fläschchen kommen und saß und starrte und fiel in eine stachelnde Unruhe, als müsse allem zum Trotz an diesem Abend ihm ein Glück blühen und etwas vom Überfluß der Wonne auch für ihn abfallen. Und wenn es nicht geschah, so schrieb er sich in Leid und Trotz das Recht zu, wenigstens dem Fest und seinem Unglück zu Ehren den ersten Rausch seines Lebens zu trinken. Und so stiegen, je heftiger rings um ihn die Freude tobte, sein Unglück sowohl wie sein Trostbedürfnis höher und rissen den Unbeschützten zur Übertreibung und zum Rausche hin.

Viertes Kapitel

Während Ladidel vor seinem Weinglas am Tische saß und mit heißen Augen in das Tanzgewühl blickte, vom roten Licht der Ampeln und vom raschen Takt der Musik bezaubert und seines Kummers bis zur Verzweiflung überdrüssig, hörte er plötzlich neben sich eine leise Stimme, die fragte: »Ganz allein?«

Schnell wandte er sich um und sah über die Lehne der Bank gebeugt ein hübsches Mädchen mit schwarzen Haaren, mit einem weißen linnenen Hütlein und einer roten leichten Bluse angetan. Sie lachte mit einem hellroten Munde, während ihr um die erhitzte Stirn und die dunkeln Augen ein paar lose Locken hingen. »Ganz allein?« fragte sie mitleidig und schelmisch, und er gab Antwort: »Ach ja, leider.« Da nahm sie sein Weinglas, fragte mit einem Blick um Erlaubnis, sagte Prosit und trank es in einem durstigen Zuge aus. Er sah dabei ihren schlanken Hals, der bräunlich aus dem roten leichten Stoff emporstieg, und indessen sie trank, fühlte er mit heftig klopfendem Herzen, daß sich hier ein Abenteuer anspinne.

Um doch etwas zur Sache zu tun, schenkte Ladidel das leere Glas wieder voll und bot es dem Mädchen an. Aber sie schüttelte den Kopf und blickte rückwärts nach dem Tanzplatz, wo soeben eine neue Musik erscholl.

»Tanzen möcht ich«, sagte sie und sah dem Jüngling in die Augen, der augenblicklich aufstand, sich vor ihr verbeugte und seinen Namen nannte.

»Ladidel heißen Sie? Und mit dem Vornamen? Ich heiße Fanny.«

Sie nahm ihn an sich, und beide tauchten in den Strom und Schwall des Walzers, den Ladidel noch nie so ausgezeichnet getanzt hatte. Früher war er beim Tanzen lediglich seiner Geschicklichkeit, seiner flinken Beine und feinen Haltung froh geworden und hatte dabei stets daran gedacht, wie er aussehe, und ob er auch einen guten Eindruck mache. Jetzt war daran nicht zu denken. Er flog in einem feurigen Wirbel mit, hingeweht und wehrlos, aber glücklich und im Innersten erregt. Bald zog und schwang ihn seine Tänzerin, daß ihm Boden und Atem verlorenging, bald lag sie still und eng an ihn gelehnt, daß ihre Pulse an seinen schlugen und ihre Wärme die seine entfachte.

Als der Tanz zu Ende war, legte Fanny ihren Arm in den ihres Begleiters und zog ihn mit sich weg. Tief atmend wandelten sie langsam einen Laubengang entlang, zwischen vielen anderen Paaren, in einer Dämmerung voll warmer Farben. Durch die Bäume schien tief der Nachthimmel mit blanken Sternen herein, von der Seite her spielte, von beweglichen Schatten unterbrochen, der rote Schein der Festampeln, und in diesem ungewissen Licht bewegten sich plaudernd die ausruhenden Tänzer, die Mädchen in weißen und hellfarbigen Kleidern und Hüten, mit bloßen Hälsen und Armen, manche mit Fächern versehen, die gleich Pfauenrädern spielten. Ladidel nahm das alles nur als einen farbigen Nebel wahr, der mit Musik und Nachtluft zusammenfloß und daraus nur hin und wieder im nahen Vorbeistreifen ein helles Gesicht mit funkelnden Augen, ein offener lachender Mund mit glänzenden Zähnen, ein zärtlich gebogener weißer Arm für Augenblicke deutlich hervorschimmerte.

»Alfred!« sagte Fanny leise.

»Ja, was?«

»Gelt, du hast auch keinen Schatz? Meiner ist nach Amerika.«

»Nein, ich hab keinen.«

»Willst du nicht mein Schatz sein?«

»Ich will schon.«

Sie lag ganz in seinem Arm und bot ihm den feuchten Mund. Liebestaumel wehte in den Bäumen und Wegen; Ladidel küßte den roten Mund und küßte den weißen Hals und den bräunlichen Nacken, die Hand und den Arm seines Mädchens. Er führte sie, oder sie ihn, an einen Tisch abseits im tiefen Schatten, ließ Wein kommen und trank mit ihr aus einem Glase, hatte den Arm um ihre Hüfte gelegt und fühlte Feuer in allen Adern. Seit einer Stunde war die Welt und alles Vergangene hinter ihm versunken und ins Bodenlose gefallen, um ihn wehte allmächtig die glühende Nacht, ohne Gestern und ohne Morgen.

Auch die hübsche Fanny freute sich ihres neuen Schatzes und ihrer blühenden Jugend, jedoch weniger rückhaltlos und gedankenlos als ihr Liebster, dessen Feuer sie mit der einen Hand zu mehren, mit der andern abzuwehren bemüht war. Der schöne Tanzabend gefiel auch ihr wohl, und sie tanzte ihre Touren mit heißen Wangen und blitzenden Augen; doch war sie nicht gesonnen, darüber ihre Absichten und Zwecke zu vergessen.

Darum erfuhr Ladidel im Laufe des Abends, zwischen Wein und Tanz, von seiner Geliebten eine lange traurige Geschichte, die mit einer kranken Mutter begann und mit Schulden und drohender Obdachlosigkeit endete. Sie bot dem bestürzten Liebhaber diese bedenklichen Mitteilungen nicht auf einmal dar, sondern mit vielen Pausen, während deren er sich stets wieder erholen und neue Glut fassen konnte, sie bat ihn sogar, nicht allzuviel daran zu denken und sich den schönen Abend nicht verderben zu lassen, bald aber seufzte sie wieder tief auf und wischte sich die Augen. Bei dem guten Ladidel wirkte denn auch, wie bei allen Anfängern, das Mitleid eher entflammend als niederschlagend, so daß er das Mädchen gar nimmer aus den Armen ließ und ihr zwischen Küssen goldene Berge für die Zukunft versprach.

Sie nahm es hin, ohne sich getröstet zu zeigen, und fand dann plötzlich, es sei spät, und sie dürfe ihre arme kranke Mutter nicht länger warten lassen. Ladidel bat und flehte, wollte sie dabehalten oder zumindest begleiten, schalt und klagte und ließ auf alle Weise merken, daß er die Angel geschluckt habe und nimmer entrinnen könne.

Mehr hatte Fanny nicht gewollt. Sie zuckte hoffnungslos die Achseln, streichelte Ladidels Hand und bat ihn, nun für immer von ihr Abschied zu nehmen. Denn wenn sie bis morgen abend nicht im Besitze von hundert Mark sei, so werde sie samt ihrer armen Mama auf die Straße gesetzt werden und könne für das, wozu die Verzweiflung sie dann treiben würde, nicht einstehen. Ach, sie wollte ja gern lieb sein und ihrem Alfred jede Gunst gewähren, da sie ihn nun einmal so schrecklich liebe, aber unter diesen Umständen sei es doch besser, auseinanderzugehen und sich mit der ewigen Erinnerung an diesen schönen Abend zu begnügen.

Dieser Meinung war Ladidel nicht. Ohne sich viel zu besinnen, versprach er, das Geld morgen abend herzubringen, und schien fast zu bedauern, daß sie seine Liebe auf keine größere Probe stelle.

»Ach, wenn du das könntest!« seufzte Fanny. Dabei schmiegte sie sich an ihn, daß er beinahe den Atem verlor.

»Verlaß dich drauf«, sagte er. Und nun wollte er sie nach Hause begleiten, aber sie war so scheu und hatte plötzlich eine so furchtbare Angst, man möchte sie sehen und ihr guter Ruf möchte notleiden, daß er mitleidig nachgab und sie allein ziehen ließ.

Darauf schweifte er noch wohl eine Stunde lang umher. Da und dort tönte aus Gärten und Zelten noch nächtliche Festlichkeit. Erhitzt und müde kam er endlich nach Hause, ging zu Bett und fiel sogleich in einen unruhigen Schlaf, aus dem er schon nach einer Stunde wieder erwachte. Da brauchte er lange, um sich aus einem zähen Wirrwarr verliebter Träume zurechtzufinden. Die Nacht stand bleich und grau im Fenster, die Stube war dunkel und alles still, so daß Ladidel, der nicht an schlaflose Nächte gewöhnt war, verwirrt und ängstlich in die Finsternis blickte und den noch nicht verwundenen Rausch des Abends im Kopf rumoren fühlte. Irgend etwas, was er vergessen hatte und woran zu denken ihm doch notwendig schien, quälte ihn eine gute Weile. Am Ende klärte sich jedoch die peinigende Trübe, und der ernüchterte Träumer wußte wieder, um was es sich handle. Und nun drehten seine Gedanken sich die ganze lange Nacht hindurch um die Frage, woher das Geld kommen solle, das er seinem Schätzchen versprochen hatte. Er begriff nimmer, wie er das Versprechen hatte geben können, es mußte in einer Bezauberung geschehen sein. Auch trat ihm der Gedanke, sein Wort zu brechen, nahe und sah gar friedlich aus. Doch gewann er den Sieg nicht, zum Teil, weil eine ehrliche Gutmütigkeit den Jüngling abhielt, eine Notleidende umsonst auf die zugesagte Hilfe warten zu lassen. Noch mächtiger freilich war die Erinnerung an Fannys Schönheit, an ihre Küsse und die Wärme ihres Leibes, und die sichere Hoffnung, das alles schon morgen ganz zu eigen zu haben. Darum entschlug und schämte er sich des Gedankens, ihr untreu zu werden, und wandte allen Scharfsinn daran, einen Weg zu dem versprochenen Gelde zu ersinnen. Allein je mehr er sann und spann, desto größer ward in seiner Vorstellung die Summe und desto unmöglicher ihre Erlangung.

Als Ladidel am Morgen grau und müde, mit verwachten Augen und schwindelndem Kopfe, ins Kontor trat und sich an seinen Platz setzte, wußte er noch immer keinen Ausweg. Er war in der Frühe schon bei einem Pfandleiher gewesen und hatte seine Uhr und Uhrkette samt allen seinen kleinen Kostbarkeiten versetzen wollen, doch war der saure und beschämende Gang vergeblich gewesen, denn man hatte ihm für das Ganze nicht mehr als zehn Mark geben wollen. Nun bückte er sich traurig über seine Arbeit und brachte eine öde Stunde über Tabellen hin, da kam mit der Post, die ein Lehrling brachte, ein kleiner Brief für ihn. Erstaunt öffnete er das zierliche Kuvert, steckte es in die Tasche und las heimlich das kleine rosenrote Billett, das er darin gefunden hatte. »Liebster, gelt du kommst heut abend? Mit Kuß deine Fanny.«

Das gab den Ausschlag. Ladidel beschloß, um jeden Preis sein Versprechen zu halten. Das Brieflein verbarg er in der Brusttasche und zog es je und je heimlich hervor, um daran zu riechen, denn es hatte einen feinen warmen Duft, der ihm wie Wein zu Kopfe stieg.

Schon in den Überlegungen der vergangenen Nacht war der Gedanke in ihm aufgestiegen, im Notfalle das Geld auf eine verbotene Weise an sich zu bringen, doch hatte er diesen Plänen keinen Raum in sich gegönnt. Nun kamen sie wieder und waren stärker und schmeichelnder geworden. Ob ihm auch vor Diebstahl und Betrug im Herzen graute, so wollte ihm doch der Gedanke, es handle sich dabei nur um eine erzwungene Anleihe, deren Erstattung ihm heilig sein würde, mehr und mehr einleuchten. Über die Art der Ausführung aber zerbrach er sich vergeblich den Kopf. Er brachte den Tag verstört und bitter hin, sann und plante, und er wäre am Ende betrübt, doch unbefleckt, aus dieser Prüfung hervorgegangen, wenn ihn nicht am Abend, in der letzten Stunde, eine allzu verlockende Gelegenheit doch noch zum Schelm gemacht hätte.

Der Prinzipal gab ihm Auftrag, da und dahin einen Wertbrief zu senden, und zählte ihm die Banknoten hin. Es waren sieben Scheine, die er zweimal durchzählte. Da widerstand er nicht, brachte mit zitternder Hand eines von den Papieren an sich und siegelte die sechse ein, die denn auch zur Post kamen und abreisten.

Die Tat wollte ihn reuen, schon als der Lehrling den Siegelbrief wegtrug, dessen Aufschrift nicht mit seinem Inhalt stimmte. Von allen Arten der Unterschlagungen schien ihm diese nun die törichste und gefährlichste, da im besten Fall nur Tage vergehen konnten, bis das Fehlen des Geldes entdeckt und Bericht darüber einlaufen würde. Als der Brief fort und nichts zu bessern war, hatte der im Bösen unbewanderte Ladidel das Gefühl eines Selbstmörders, der den Strick um den Hals und den Schemel schon weggestoßen hat, nun aber gerne doch noch leben möchte. Drei Tage kann es dauern, dachte er, vielleicht aber auch nur einen, dann bin ich meines guten Rufes, meiner Freiheit und Zukunft ledig, und alles um die hundert Mark, die nicht einmal für mich sind. Er sah sich verhört, verurteilt, mit Schanden fortgejagt und ins Gefängnis gesteckt und mußte zugeben, daß das alles durchaus verdient und in Ordnung sei.

Erst auf dem Wege zum Abendessen fiel ihm ein, es könnte am Ende auch besser ablaufen. Daß die Sache gar nicht entdeckt werden würde, wagte er zwar nicht zu hoffen; aber wenn nun das Geld auch fehlte, wie wollte man beweisen, daß er der Dieb war? Mit dem Sonntagsrock und seiner besten Wäsche angetan, erschien er eine Stunde später auf dem Tanzplatze. Unterwegs war seine Zuversicht zurückgekehrt, oder es hatten doch die wieder erwachten heißen Wünsche seiner Jugend die Angstgefühle übertäubt.

Es ging auch an diesem Abend lebhaft zu, doch fiel es Ladidel heute auf, daß der Ort nicht von der guten Bürgerschaft, sondern zumeist von geringeren Leuten und auch von manchen verdächtig Aussehenden besucht war. Als er sein Viertel Landwein getrunken hatte und Fanny noch nicht gekommen war, befiel ihn ein Mißbehagen an dieser Gesellschaft, und er verließ den Garten, um draußen hinterm Zaun zu warten. Da lehnte er in der Abendkühle an einer finstern Stelle des Geheges, sah in das Gewühl und wunderte sich, daß er gestern inmitten derselben Leute und bei derselben Musik so glücklich gewesen war und so ausgelassen getanzt hatte. Heute wollte ihm alles weniger gefallen; von den Mädchen sahen viele frech und liederlich aus, die Burschen hatten üble Manieren und unterhielten selbst während des Tanzes ein lärmendes Einverständnis durch Schreie und Pfiffe. Auch die roten Papierlaternen sahen weniger festlich und leuchtend aus, als sie ihm gestern erschienen waren. Er wußte nicht, ob nur Müdigkeit und Ernüchterung, oder ob sein schlechtes Gewissen daran schuld sei; aber je länger er zuschaute und wartete, desto weniger wollte der Festrausch wieder kommen, und er nahm sich vor, mit Fanny, sobald sie käme, von diesem Ort wegzugehen.

Als er wohl eine Stunde gewartet hatte, sah er am jenseitigen Eingang des Gartens sein Mädchen ankommen, in der roten Bluse und mit dem weißen Segeltuchhütchen, und betrachtete sie neugierig. Da er so lang hatte warten müssen, wollte er nun auch sie ein wenig necken und warten lassen, auch reizte es ihn, sie so aus dem Verborgenen zu belauschen.

Die hübsche Fanny spazierte langsam durch den Garten und suchte; und da sie Ladidel nicht fand, setzte sie sich beiseite an einen Tisch. Ein Kellner kam, doch winkte sie ihm ab. Dann sah Ladidel, wie sich ihr ein Bursche näherte, der ihm schon gestern als ein vorlauter Patron aufgefallen war. Er schien sie gut zu kennen, und soweit Ladidel sehen konnte, fragte sie ihn eifrig nach etwas, wohl nach ihm, und der Bursche zeigte nach dem Ausgang und schien zu erzählen, der Gesuchte sei dagewesen, aber wieder fortgegangen.

Nun begann Ladidel Mitleid zu haben und wollte zu ihr eilen, doch sah er in demselben Augenblick mit Schrecken, wie der unangenehme Bursche die Fanny ergriff und mit ihr zum Tanz antrat. Aufmerksam beobachtete er sie beide, und wenn ihm auch ein paar grobe Liebkosungen des Mannes das Blut ins Gesicht trieben, so schien doch das Mädchen gleichgültig zu sein, ja ihn abzuwehren.

Kaum war der Tanz zu Ende, so ward Fanny von ihrem Begleiter einem andern zugeschoben, der den Hut vor ihr zog und sie höflich zur neuen Tour aufforderte. Ladidel wollte ihr zurufen, wollte über den Zaun zu ihr hinein, doch kam er nicht dazu, und er mußte in trauriger Betäubung zusehen, wie sie dem Fremden zulächelte und mit ihm den

Schottischen begann. Und während des Schottischen sah er sie schön mit dem andern tun und seine Hände streicheln und sich an ihn lehnen, gerade wie sie es gestern ihm selbst getan hatte, und er sah den Fremden warm werden und sie fester umfassen und am Schluß des Tanzes mit ihr durch die dunkleren Laubengänge wandeln, wobei das Paar dem Lauscher peinlich nahe kam und er ihre Worte und Küsse gar deutlich hören konnte.

Da ging Alfred Ladidel heimwärts, mit tränenden Augen, das Herz voll Scham und Wut und dennoch froh, der Hure entgangen zu sein. Junge Leute kehrten von den Festplätzen heim und sangen, Musik und Gelächter drang aus den Gärten; ihm aber klang alles wie ein Hohn auf ihn und alle Lust, und wie vergiftet. Als er heimkam, war er todmüde und hatte kein Verlangen mehr als schlafen. Und da er seinen Sonntagsrock auszog und gewohnterweise seine Falten glatt strich, knisterte es in der Tasche, und er zog unversehrt den blauen Geldschein hervor. Unschuldig lag das Papier im Kerzenschein auf dem Tische; er sah es eine Weile an, schloß es dann in die Schublade und schüttelte den Kopf dazu. Um das zu erleben, hatte er nun gestohlen und sein Leben verdorben.

Gegen eine Stunde lag er noch wach, doch dachte er in dieser Zeit nicht mehr an Fanny und nicht mehr an die hundert Mark, sondern er dachte an Martha Weber und daran, daß er sich nun alle Wege zu ihr verschüttet habe.

Fünftes Kapitel

Was er jetzt zu tun habe, wußte Ladidel genau. Er hatte erfahren, wie bitter es ist, sich vor sich selber schämen zu müssen, und stand sein Mut auch tief, so war er dennoch fest entschlossen, mit dem Gelde und einem ehrlichen Geständnis zu seinem Prinzipal zu gehen und von seiner Ehre und Zukunft zu retten, was noch zu retten wäre.

Darum war es ihm nicht wenig peinlich, als am folgenden Tage der Notar nicht ins Kontor kam. Er wartete bis Mittag und vermochte seinen Kollegen kaum in die Augen zu blicken, da er nicht wußte, ob er morgen noch an diesem Platze stehen und als ihresgleichen gelten werde.

Nach Tisch erschien der Notar wieder nicht, und es verlautete, er sei unwohl und werde heut nimmer ins Geschäft kommen. Da hielt Ladidel es nicht länger aus. Er ging unter einem Vorwand weg und geradenwegs in die Wohnung seines Prinzipals. Man wollte ihn nicht vorlassen, er bestand aber mit Verzweiflung darauf, nannte seinen Namen und begehrte in einer wichtigen Sache den Herrn zu sprechen. So wurde er in ein Vorzimmer geführt und aufgefordert zu warten.

Die Dienstmagd ließ ihn allein, er stand in Verwirrung und Angst zwischen plüschbezogenen Stühlen, lauschte auf jeden Ton im Hause und hatte das Sacktuch in der Hand, da ihm ohne Unterlaß der Schweiß über die Stirne lief. Auf einem ovalen Tische lagen goldverzierte Bücher, Schillers Glocke und der Siebziger Krieg, ferner stand dort ein Löwe aus grauem Stein und in Stehrahmen eine Menge von Photographien. Es sah hier feiner, doch ähnlich aus wie in der schönen Stube von Ladidels Eltern, und alles mahnte an Ehrbarkeit, Wohlstand und Würde. Die Photographien stellten lauter wohlgekleidete Leute vor, Brautpaare im Hochzeitsstaat,

Frauen und Männer von guter Familie und zweifellos bestem Rufe, und von der Wand schaute ein wohl lebensgroßer Mannskopf herab, dessen Züge und Augen Ladidel an das Bildnis des verstorbenen Vaters bei den Weberschen Damen erinnerten. Zwischen so viel bürgerlicher Würde sank der Sünder in seinen eigenen Augen von Augenblick zu Augenblick tiefer, er fühlte sich durch seine Übeltat von diesem Kreise ausgeschlossen und unter die Ehrlosen geworfen, von denen keine Photographien gemacht und unter Glas gespannt und in den guten Stuben aufgestellt werden.

Eine große Wanduhr von der Art, die man Regulatoren nennt, schwang ihren messingenen Perpendikel hin und wider, und einmal, nachdem Ladidel schon recht lang gewartet hatte, räusperte sie sich leise und tat sodann einen tiefen, schönen, vollen Schlag. Der arme Jüngling schrak auf, und in demselben Augenblick trat ihm gegenüber der Notar durch die Türe. Er beachtete Ladidels Verbeugung nicht, sondern wies sogleich befehlend auf einen Sessel, nahm selber Platz und sagte: »Was führt Sie her?«

»Ich wollte«, begann Ladidel, »ich hatte, ich wäre –« Dann aber schluckte er energisch und stieß heraus: »Ich habe Sie bestehlen wollen.«

Der Notar nickte und sagte ruhig: »Sie haben mich sogar wirklich bestohlen, ich weiß es schon. Es ist vor einer Stunde telegraphiert worden. Sie haben also wirklich einen von den Hundertmarkscheinen genommen?«

Statt der Antwort zog Ladidel den Schein aus der Tasche und streckte ihn dar. Erstaunt nahm der Herr ihn in die Finger, spielte damit und sah Ladidel scharf an.

»Wie geht das zu? Haben Sie schon Ersatz geschafft?«

»Nein, es ist derselbe Schein, den ich weggenommen hatte. Ich habe ihn nicht gebraucht.«

»Sie sind ein Sonderling, Ladidel. Daß Sie das Geld genommen hätten, wußte ich sofort. Es konnte ja sonst niemand sein. Und außerdem wurde mir gestern erzählt, man habe Sie am Sonntagabend auf dem Festplatz in einer etwas verrufenen Tanzbude gesehen. Oder hängt es nicht damit zusammen?«

Nun mußte Ladidel erzählen, und so sehr er sich Mühe gab, das Beschämendste zu unterdrücken, es kam wider seinen Willen doch fast alles heraus. Der alte Herr unterbrach ihn nur zwei-, dreimal durch kurze Fragen, im übrigen hörte er gedankenvoll zu und sah zuweilen dem Beichtenden ins Gesicht, sonst aber zu Boden, um ihn nicht zu stören.

Am Ende stand er auf und ging in der Stube hin und wider. Nachdenklich nahm er eine von den Photographien in die Hand. Plötzlich bot er das Bild dem Übeltäter hin, der in seinem Sessel ganz zusammengebrochen kauerte.

»Sehen Sie«, sagte er, »das ist der Direktor einer großen Fabrik in Amerika. Er ist ein Vetter von mir, Sie brauchen es ja nicht jedermann zu erzählen, und er hat als junger Mensch in einer ähnlichen Lage wie Sie tausend Mark entwendet. Er wurde von seinem Vater preisgegeben, mußte hinter Schloß und Riegel und ging nachher nach Amerika.«

Er schwieg und wanderte wieder umher, während Ladidel das Bild des stattlichen Mannes ansah und einigen Trost daraus sog, daß also auch in dieser ehrenwerten Familie ein Fehltritt vorgekommen sei und daß der Sünder es doch noch zu etwas gebracht habe und nun gleich den Gerechten gelte und sein Bild zwischen den Bildern unbescholtener Leute stehen dürfe.

Inzwischen hatte der Notar seine Gedanken zu Ende gesponnen und trat zu Ladidel, der ihn schüchtern anschaute.

Er sagte fast freundlich: »Sie tun mir leid, Ladidel. Ich glaube nicht, daß Sie schlecht sind, und hoffe, Sie kommen wieder auf rechte Wege. Am Ende würde ich es sogar wagen und Sie behalten. Aber das wäre für uns beide unerquicklich und ginge gegen meine Grundsätze. Und einem Kollegen kann ich Sie auch nicht empfehlen, wenn ich auch an Ihre guten Vorsätze gern glauben will. Wir wollen also die Sache zwischen uns für getan ansehen, ich werde niemand davon sagen. Aber bei mir bleiben können Sie nicht.«

Ladidel war zwar überfroh, die böse Sache so menschlich behandelt zu sehen. Da er sich aber nun ans Freie gesetzt und so ins Ungewisse geschickt fand, verzagte er doch und klagte: »Ach, was soll ich aber jetzt anfangen?«

»Etwas Neues«, rief der Notar, und unversehens lächelte er. »Seien Sie ehrlich, Ladidel, und sagen Sie: wie wäre es Ihnen wohl nächstes Frühjahr im Staatsexamen gegangen? Schauen Sie, Sie werden rot. Nun, wenn Sie auch schließlich den Winter über noch manches hätten nachholen können, so hätte es doch schwerlich gereicht, und ich hatte ohnehin schon seit einiger Zeit die Absicht, darüber mit Ihnen zu reden. Jetzt ist ja die beste Gelegenheit dazu. Meine Überzeugung, und vielleicht im stillen auch Ihre, ist die, daß Sie Ihren Beruf verfehlt haben. Sie passen nicht zum Notar und überhaupt nichts ins Amtsleben. Nehmen Sie an, Sie seien im Examen durchgefallen, und suchen Sie recht bald einen anderen Beruf, in dem sie es weiterbringen können.

Am besten fahren Sie gleich morgen nach Hause. Und jetzt adieu. Wenn Sie mir später einmal Bericht geben, wird es mich freuen. Nur jetzt den Kopf nicht hängen lassen und keine neuen Dummheiten machen! – Adieu denn, und grüßen Sie den Herrn Vater von mir!«

Er gab dem Bestürzten die Hand, drückte ihm die seine kräftig und schob ihn, der noch reden wollte, zur Tür.

Damit stand unser Freund auf der Gasse. Er hatte im Kontor nur ein paar schwarze Ärmelschoner zurückgelassen, an denen war ihm nichts gelegen, und er zog es vor, sich dort nimmer zu zeigen. Allein so betrübt er war und so sehr ihm vor der Heimfahrt und dem Vater graute, auf dem Grund seiner Seele war er doch dankbar und beinahe vergnügt, der furchtbaren Angst vor Polizei und Schande ledig zu sein; und während er langsam durch die Straßen ging, schlich auch der Gedanke, daß er nun kein Examen mehr vor sich habe, als ein tröstlicher Lichtstrahl in sein Gemüt, das von den vielen Erlebnissen dieser Tage auszuruhen und aufzuatmen begehrte.

So begann ihm beim Dahinwandeln allmählich auch das ungewohnte Vergnügen, werktags um diese Tageszeit frei durch die Stadt zu spazieren, recht wohl zu gefallen. Er blieb vor den Auslagen der Kaufleute stehen, betrachtete die Kutschpferde, die an den Ecken warteten, schaute auch zum zartblauen Herbsthimmel hinan und genoß für eine Stunde ein unverhofftes Feriengefühl. Dann kehrten seine Gedanken in den alten Kreis zurück, und als er in der Nähe seiner Wohnung um eine Gassenecke bog, mußte ihm gerade eine hübsche junge Dame begegnen, die der Martha Weber ähnlich sah. Da fiel ihm alles wieder recht aufs Herz, und er mußte sich vorstellen, was wohl die Martha denken und sagen würde, wenn sie seine Geschichte erführe. Erst jetzt fiel ihm ein, daß sein Fortgehen von hier ihn nicht nur von Amt und Zukunft, sondern auch aus der Nähe des geliebten Mädchens entführe. Und alles um diese Fanny.

Je mehr ihm das klar wurde, desto stärker wurde sein Verlangen, nicht ohne einen Gruß an Martha fortzugehen. Schreiben mochte er ihr nicht, es blieb ihm nur der Weg durch Fritz Kleuber. Darum kehrte er, kurz vor dem Hause, um und suchte Kleuber in seiner Rasierstube auf.

Der gute Fritz hatte eine ehrliche Freude, ihn wiederzusehen. Doch deutete Ladidel ihm nur in Kürze an, er müsse aus besonderen Gründen seine Stelle verlassen und wegreisen.

»Nein, aber!« rief Fritz betrübt. »Da müssen wir aber wenigstens noch einmal zusammensein, wer weiß, wann man sich wieder sieht! Wann mußt du denn reisen?«

Alfred überlegte. »Morgen muß ich doch noch packen. Also übermorgen.«

»Dann mache ich mich morgen abend frei und komme zu dir, wenn dir's recht ist.«

»Ja, gut. Und gelt, wenn du wieder zu deiner Braut kommst, sagst du viele Grüße von mir – an alle!«

»Ja, gern. Aber willst du nicht selber noch hingehen?«

»Ach, das geht jetzt nimmer. – Also morgen!«

Trotzdem überlegte er diesen und den ganzen folgenden Tag, ob er es nicht doch tun solle. Allein er fand nicht den Mut dazu. Was hätte er sagen und wie seine Abreise erklären sollen? Ohnehin überfiel ihn heute eine heillose Angst vor der Heimreise und vor seinem Vater, vor den Leuten daheim und der Schande, der er entgegenging. Und er packte nicht, er fand nicht einmal den Mut, seiner Wirtin die Stube zu kündigen. Statt all dies Notwendige zu tun, saß er und füllte Bogen mit Entwürfen zu einem Brief an seinen Vater.

»Lieber Vater! Der Notar kann mich nicht mehr brauchen –«

»Lieber Vater! Da ich doch zum Notar nicht recht passe –.« Es war nicht leicht, das Schreckliche sanft und doch deutlich zu sagen. Aber es war immerhin leichter, diesen Brief zusammenzudichten als heimzufahren und zu sagen: da bin ich wieder, man hat mich fortgejagt. Und so ward denn bis zum Abend der Brief wirklich fertig.

Am Abend war er mürbe und mitgenommen, und Kleuber fand ihn so milde und weich wie noch nie. Er hatte ihm, als ein Abschiedsgeschenk, eine kleine geschliffene Glasflasche mit edlem Odeur mitgebracht. Die bot er ihm hin und sagte: »Darf ich dir das zum Andenken mitgeben? Es wird schon noch in den Koffer gehen.« Indessen sah er sich um und rief verwundert: »Du hast noch gar nicht gepackt! Soll ich dir helfen?«

Ladidel sah ihn unsicher an und meinte: »Ja, ich bin noch nicht so weit. Ich muß noch auf einen Brief warten.«

»Das freut mich«, sagte Fritz, »so hat man doch Zeit zum Adieusagen. Weißt du, wir könnten eigentlich heut abend miteinander zu den Webers gehen. Es wäre doch schade, wenn du so wegreisen würdest.«

Dem armen Ladidel war es, als ginge eine Türe zum Himmel auf und würde im selben Augenblick wieder zugeschlagen. Er wollte etwas sagen, schüttelte aber nur den Kopf, und als er sich zwingen wollte, würgten die Worte ihn in der Kehle, und unversehens brach er vor dem erstaunten Fritz in ein Schluchzen aus.

»Ja lieber Gott, was hast du?« rief er erschrocken. Ladidel winkte schweigend ab, aber Kleuber war darüber, daß er seinen bewunderten und stolzen Freund in Tränen sah, so ergriffen und gerührt, daß er ihn in die Arme nahm wie einen Kranken, ihm die Hände streichelte und ihm in unbestimmten Ausdrücken seine Hilfe anbot.

»Ach, du kannst mir nicht helfen«, sagte Alfred, als er wieder reden konnte. Doch ließ Kleuber ihm keine Ruhe, und schließlich kam es Ladidel wie eine Erlösung vor, einer so wohlmeinenden Seele zu beichten, so daß er nachgab. Sie setzten sich einander gegenüber, Ladidel wandte sein Gesicht ins Dunkle und fing an: »Weißt du, damals als wir zum erstenmal miteinander zu deiner Braut gegangen sind –« und erzählte weiter, von seiner Liebe zu Martha, von ihrem Streit und Auseinanderkommen, und wie leid ihm das tue. Sodann kam er auf das Schützenfest zu sprechen, auf seine Verstimmung und Verlassenheit, von der Tanzwirtschaft und der Fanny, von dem Hundertmarkschein, und wie dieser unverwendet geblieben sei, endlich von dem gestrigen Gespräch mit dem Notar und seiner jetzigen Lage. Er gestand auch, daß er das Herz nicht habe, so vor seinen Vater zu kommen, daß er ihm geschrieben habe und nun mit Schrecken des Kommenden warte.

Dem allem hörte Fritz Kleuber still und aufmerksam zu, betrübt und in der Seele aufgewühlt durch solche Ereignisse. Als der andre schwieg und das Wort an ihm war, sagte er leise und schüchtern: »Da tust du mir leid.« Und obschon er selber gewiß niemals im Leben einen Pfennig veruntreut hatte, fuhr er fort: »Es kann ja jedem so etwas passieren, und du hast ja das Geld auch wieder zurückgebracht. Was soll ich da sagen? Die Hauptsache ist jetzt, was du anfangen sollst.«

»Ja, wenn ich das wüßte! Ich wollt, ich wär tot.«

»So darfst du nicht reden«, rief Fritz. »Weißt du denn wirklich nichts?«

»Gar nichts. Ich kann jetzt Steinklopfer werden.«

»Das wird nicht nötig sein. – Wenn ich nur wüßte, ob es dir keine Beleidigung ist – –«

»Was denn?«

»Ja, ich hätte einen Vorschlag. Ich fürchte nur, es ist eine Dummheit von mir, und du nimmst es übel.«

»Aber sicher nicht! Ich kann mir's gar nicht denken.«

»Sieh, ich denke mir so – du hast ja hie und da dich für meine Arbeiten interessiert und hast selber zum Vergnügen es damit probiert. Du hast auch viel Genie dafür und könntest es bald besser als ich, weil du geschickte Finger hast und so einen feinen Geschmack. Ich meine, wenn sich vielleicht nicht gleich etwas Besseres findet, ob du es nicht mit unserem Handwerk probieren möchtest?«

Ladidel war erstaunt; daran hatte er nie gedacht. Das Gewerbe eines Barbiers war ihm bisher zwar nicht schimpflich, doch aber wenig edel vorgekommen. Nun aber war er von jener hohen Stufe herabgesunken und hatte wenig Grund mehr, irgendein ehrliches Gewerbe gering zu achten. Das fühlte er auch; und daß Fritz sein Talent so rühmte, tat ihm wohl. Er meinte nach einigem Besinnen: »Das wäre vielleicht gar nicht das Dümmste. Aber weißt du, ich bin doch schon erwachsen, und auch an einen andern Stand gewöhnt; das würde ich schwer tun, noch einmal als Lehrbub bei irgendeinem Meister anzufangen.«

Fritz nickte. »Wohl, wohl. So ist es auch nicht gemeint!«

»Ja wie denn sonst?«

»Ich meine, du könntest bei mir lernen, was noch zu lernen ist. Entweder warten wir, bis ich mein eigenes Geschäft habe, das dauert nimmer lang. Du könntest aber auch schon jetzt zu mir kommen. Mein Meister nähme ganz gern einen Volontär, der geschickt ist und keinen Lohn will. Dann würde ich dich anleiten, und sobald ich mein eigenes Geschäft anfange, kannst du bei mir eintreten. Es ist ja vielleicht nicht leicht für dich, dich dran zu gewöhnen; aber wenn man eine gute Kundschaft hat, ist es doch kein übles Geschäft.«

Ladidel hörte mit angenehmer Verwunderung zu und spürte, daß hier sein Schicksal sich entschied. War es auch vom Notar zum Friseur ein gewisser Rückschritt, so empfand er doch die innige Befriedigung eines Mannes, der seinen wahren Beruf entdeckt und den ihm bestimmten Weg gefunden hat.

»Du, das ist ja großartig«, rief er glücklich und streckte Kleuber die Hand hin. »Jetzt ist mir erst wieder wohl in meiner Haut. Mein Alter wird ja vielleicht nicht gleich einverstanden sein, aber er muß es ja einsehen. Gelt, du redest dann auch ein Wort mit ihm?«

»Wenn du meinst –«, sagte Fritz schüchtern.

Nun war Ladidel so entzückt von seinem zukünftigen Beruf und so voll Eifers, daß er begehrte, augenblicklich eine Probe abzulegen. Kleuber mochte wollen oder nicht, er mußte sich hinsetzen und sich von seinem Freunde rasieren, den Kopf waschen und frisieren lassen. Und siehe, es glückte alles vorzüglich, kaum daß Fritz ein paar kleine Ratschläge zu geben hatte. Ladidel bot ihm Zigaretten an, holte den Weingeistkocher und setzte Tee an, plauderte und setzte seinen Freund durch diese rasche Heilung von seinem Trübsinn nicht wenig in Erstaunen. Fritz brauchte länger, um sich in die veränderte Stimmung zu finden, doch riß Alfreds Laune ihn endlich mit, und wenig fehlte, so hätte dieser wie in früheren vergnügten Zeiten die Gitarre ergriffen und Schelmenlieder angestimmt. Es hielt ihn davon nur der Anblick des Briefes an seinen Vater ab, der noch auf dem Tische lag und ihn am spätern Abend nach Kleubers Weggehen noch lang beschäftigte. Er las ihn wieder durch, war nimmer mit ihm zufrieden und faßte am Ende den Entschluß, nun doch heimzufahren und seine Beichte selber abzulegen. Nun wagte er es, da er einen Ausweg aus der Trübsal wußte.

Sechstes Kapitel

Als Ladidel von dem Besuch bei seinem Vater wiederkehrte, war er zwar etwas stiller geworden, hatte aber seine Absicht erreicht und trat für ein halbes Jahr als Volontär bei Kleubers Meister ein. Fürs erste sah er damit seine Lage bedeutend verschlechtert, da er nichts mehr verdiente und das Monatsgeld von Hause sehr sparsam bemessen war. Er mußte seine hübsche Stube aufgeben und eine geringe Kammer nehmen, auch sonst trennte er sich von manchen Gewohnheiten, die seiner neuen Stellung nicht mehr angemessen schienen. Nur die Gitarre blieb bei ihm und half ihm über vieles weg, auch konnte er seiner Neigung zu sorgfältiger Pflege seines Haupthaares und Schnurrbartes, seiner Hände und Fingernägel jetzt ohne Beschränkung frönen. Er schuf sich nach kurzem Studium eine Frisur, die jedermann bewunderte, und ließ seiner Haut mit Bürsten, Pinseln, Salben, Seifen, Wassern und Pudern das Beste zukommen. Was ihn jedoch mehr als dies alles beglückte, war die Befriedigung, die er im neuen Berufe fand, und die innerliche Gewißheit, nunmehr ein Metier zu betreiben, das seinen Talenten entsprach und in dem er Aussicht hatte, Bedeutendes zu leisten.

Anfänglich ließ man ihn freilich nur untergeordnete Arbeiten tun. Er mußte Knaben die Haare schneiden, Arbeiter rasieren und Kämme und Bürsten reinigen, doch erwarb er durch seine Fertigkeit im Flechten künstlicher Zöpfe bald seines Meisters Vertrauen und erlebte nach kurzem Warten den Ehrentag, da er einen wohlgekleideten, vornehm aussehenden Herrn bedienen durfte. Dieser war zufrieden und gab ein Trinkgeld, und nun ging es Stufe für Stufe vorwärts. Ein einziges Mal schnitt er einem Kunden in die Wange und mußte Tadel über sich ergehen lassen, im übrigen erlebte er beinahe nur Anerkennung und Erfolge. Besonders war es Fritz Kleuber, der ihn bewunderte und nun erst recht für einen Auserwählten ansah. Denn wenn er selber auch ein tüchtiger Arbeiter war, so fehlte ihm doch sowohl die Erfindungskraft, die für jeden Kopf die entsprechende Frisur zu schaffen weiß, wie auch das leichte, unterhaltende, angenehme Wesen im Umgang mit der Kundschaft. Hierin war Ladidel bedeutend, und nach einem Vierteljahr begehrten schon die verwöhnteren Stammgäste immer von ihm bedient zu werden. Er verstand es auch, nebenher seine Herren zum häufigeren Ankauf neuer Pomaden, Bartwichsen und Seifen, teurer Bürstchen und Kämme zu überreden; und in der Tat mußte in diesen Dingen jedermann seinen Rat willig und dankbar hinnehmen, denn er selbst sah beneidenswert tadellos und wohlbestellt aus.

Da die Arbeit ihn so in Anspruch nahm und befriedigte, trug er jede Entbehrung leichter, und so hielt er auch die lange Trennung von Martha Weber geduldig aus. Ein Schamgefühl hatte ihn gehindert, sich ihr in seiner neuen Gestalt zu zeigen, ja er hatte Fritz inständig gebeten, seinen neuen Stand vor den Damen zu verheimlichen. Dies war allerdings nur eine kurze Zeit möglich gewesen. Meta, der die Neigung ihrer Schwester zu dem hübschen Notar nicht unbekannt geblieben war, hatte sich hinter Fritz gesteckt und bald alles herausbekommen. So konnte sie der Schwester nach und nach ihre Neuigkeiten enthüllen, und Martha erfuhr nicht nur den Berufswechsel ihres Geliebten, den er jedoch aus Gesundheitsrücksichten vorgenommen habe, sondern auch seine unverändert treue Verliebtheit. Sie erfuhr ferner, daß er sich seines neuen Standes vor ihr schämen zu müssen meine und jedenfalls nicht eher sich wieder zeigen möge, als bis er es zu etwas gebracht und begründete Aussichten für die Zukunft habe.

Eines Abends war in dem Mädchenstübchen wieder vom »Notar« die Rede. Meta hatte ihn über den Schellenkönig gelobt, Martha aber sich wie immer spröde verhalten und es vermieden, Farbe zu bekennen.

»Paß auf«, sagte Meta, »der macht so schnell voran, daß er am Ende noch vor meinem Fritz ans Heiraten kommt.«

»Meinetwegen, ich gönn's ihm ja.«

»Und dir aber auch, nicht? Oder tust du's unter einem Notar durchaus nicht?«

»Laß mich aus dem Spiel! Der Ladidel wird schon wissen, wo er sich eine zu suchen hat.«

»Das wird er, hoff ich. Bloß hat man ihn zu spröd empfangen, und jetzt ist er scheu und findet den Weg nimmer recht. Dem wenn man einen Wink gäbe, er käm auf allen vieren gelaufen.«

»Kann schon sein.«

»Wohl. Soll ich winken?«

»Willst denn du ihn haben? Du hast doch deinen Bartscherer, mein ich.«

Meta schwieg nun und lachte in sich hinein. Sie sah wohl, wie ihrer Schwester ihre vorige Schärfe leid tat. Sie sann auf Wege, den Scheugewordenen wieder herzulocken, und hörte Marthas verheimlichten Seufzern mit einer kleinen Schadenfreude zu.

Mittlerweile meldete sich von Schaffhausen her Fritzens alter Meister wieder und ließ wissen, er wünsche nun bald sich einen Feierabend zu gönnen. Da frage er an, wie es mit Kleubers Absichten stehe. Zugleich nannte er die Summe, um welche sein Geschäft ihm feil sei, und wieviel davon er angezahlt haben müsse. Diese Bedingungen waren billig und wohlmeinend, jedoch reichten Kleubers Mittel dazu nicht hin, so daß er in Sorgen umherging und diese gute Gelegenheit zum Selbständigwerden und Heiratenkönnen zu versäumen fürchtete. Und endlich überwand er sich und schrieb ab, und erst dann erzählte er die ganze Sache Ladidel.

Der schalt ihn, daß er ihn das nicht habe früher wissen lassen, und machte sogleich den Vorschlag, er wolle die Angelegenheit vor seinen Vater bringen. Wenn der zu gewinnen sei, könnten sie ja das Geschäft gemeinsam übernehmen.

Der alte Ladidel war überrascht, als die beiden jungen Leute mit ihrem Anliegen zu ihm kamen, und wollte nicht sogleich daran. Doch hatte er zu Fritz Kleuber, der sich seines Sohnes in einer entscheidenden Stunde so wohl angenommen hatte, ein gutes Vertrauen, auch hatte Alfred von seinem jetzigen Meister ein überaus lobendes Zeugnis mitgebracht. Ihm schien, sein Sohn sei jetzt auf gutem Wege, und er zögerte, ihm nun einen Stein darauf zu werfen. Nach einigen Tagen des Hin- und Widerredens entschloß er sich und fuhr selber nach Schaffhausen, um sich alles anzusehen.

Der Kauf kam zustande, und die beiden Kompagnons wurden von allen Kollegen beglückwünscht. Kleuber beschloß im Frühjahr Hochzeit zu halten und bat sich Ladidel als ersten Brautführer aus. Da war ein Besuch im Hause Weber nicht mehr zu umgehen. Ladidel kam in Fritzens Gesellschaft daher und konnte vor Herzklopfen kaum die vielen Treppen hinaufkommen. Oben empfing ihn der gewohnte Duft und das gewohnte Halbdunkel. Meta begrüßte ihn lachend, und die alte Mutter schaute ihn ängstlich und bekümmert an. Hinten in der hellen Stube aber stand Martha ernsthaft und etwas blaß in einem dunklen Kleide, gab ihm die Hand und war diesmal kaum minder verwirrt als er selber. Man tauschte Höflichkeiten, fragte nach der

Gesundheit, trank aus kleinen altmodischen Kelchgläsern einen hellroten süßen Stachelbeerwein und besprach dabei die Hochzeit und alles dazu Gehörige. Herr Ladidel bat sich die Ehre aus, Fräulein Marthas Kavalier sein zu dürfen, und wurde eingeladen, sich nun auch wieder fleißiger im Hause zu zeigen. Beide sprachen miteinander nur höfliche und unbedeutende Worte, sahen einander aber heimlich an, und jedes fand den andren auf eine nicht auszudrückende, doch reizende Art verändert. Ohne es einander zu sagen, wußten und spürten sie, daß auch der andre in dieser Zeit gelitten habe, und beschlossen heimlich, einander nicht wieder ohne Grund weh zu tun. Zugleich merkten sie auch beide mit Verwunderung, daß die lange Trennung und das Trotzen sie einander nicht entfremdet, sondern näher gebracht habe, und es wollte ihnen scheinen, nun sei die Hauptsache zwischen ihnen in Ordnung.

So war es denn auch, und dazu trug nicht wenig bei, daß Meta und Fritz die beiden nach schweigendem Übereinkommen wie ein versprochenes Paar ansahen. Wenn Ladidel ins Haus kam, so schien es allen selbstverständlich, daß er Marthas wegen komme und vor allem mit ihr zusammensein wolle. Ladidel half treulich bei den Vorbereitungen zur Hochzeit mit und tat es so eifrig und mit dem Herzen, als gälte es seine eigene Heirat. Verschwiegen aber und mit unendlicher Kunst erdachte er sich für Martha eine herrliche neue Frisur.

Einige Tage vor der Hochzeit nun, da es im Hause drüber und drunter ging, erschien er eines Tages feierlich, wartete einen Augenblick ab, da er mit Martha allein war, und eröffnete ihr, es liege ihm eine gewagte Bitte an sie auf dem Herzen. Sie ward rot und glaubte alles zu ahnen, und wenn sie den Tag auch nicht gut gewählt fand, wollte sie doch nichts versäumen und gab bescheiden Antwort, er möge nur reden. Ermutigt brachte er dann seine Bitte vor, die auf nichts andres zielte als auf die Erlaubnis, dem Fräulein für den Festtag mit einer neuen von ihm ausgedachten Frisur aufwarten zu dürfen.

Verwundert willigte Martha ein, daß eine Probe gemacht werde. Meta mußte helfen, und nun erlebte Ladidel den Augenblick, daß sein alter Wunsch in Erfüllung ging und er

Marthas lange blonde Haare in den Händen hielt. Zu Anfang wollte diese zwar haben, daß Meta allein sie frisiere und er nur mit Rat beistehe. Doch ließ dieses sich nicht durchführen, sondern bald mußte er mit eigener Hand zugreifen und verließ nun den Posten nicht mehr. Als das Haargebäude seiner Vollendung nahe war, ließ Meta die beiden allein, angeblich nur für einen Augenblick, doch blieb sie lange aus. Inzwischen war Ladidel mit seiner Kunst fertig geworden. Martha sah sich im Spiegel königlich verschönt, und er stand hinter ihr, da und dort noch bessernd. Da überkam ihn die Ergriffenheit, daß er dem schönen Mädchen mit leiser Hand liebkosend über die Schläfe strich. Und da sie sich beklommen umwandte und ihn still mit nassen Augen ansah, geschah es von selbst, daß er sich über sie beugte und sie küßte und, von ihr in Tränen festgehalten, vor ihr kniete und als ihr Liebhaber und Bräutigam wieder aufstand.

»Wir müssen es der Mama sagen«, war alsdann ihr erstes schmeichelndes Wort, und er stimmte zu, obwohl ihm vor der betrübten alten Witwe ein wenig bange war. Als er jedoch vor ihr stand und Martha an der Hand führte und um ihre Hand anhielt, schüttelte die alte Frau nur ein wenig den Kopf, sah sie beide ratlos und bekümmert an und hatte nichts dafür und nichts dagegen zu sagen. Doch rief sie Meta herbei, und nun umarmten sich die Schwestern, lachten und weinten, bis Meta plötzlich stehenblieb, die Schwester mit beiden Armen von sich schob, sie dann festhielt und begierig ihre Frisur bewunderte.

»Wahrhaftig«, sagte sie zu Ladidel und gab ihm die Hand, »das ist Ihr Meisterstück. Aber gelt, wir sagen jetzt du zueinander?«

Am vorbestimmten Tage fand mit Glanz die Hochzeit und zugleich die Verlobungsfeier statt. Darauf reiste Ladidel in Eile nach Schaffhausen, während die Kleubers in derselben Richtung ihre Hochzeitsreise antraten. Der alte Meister übergab Ladidel das Geschäft, und der fing sofort an, als hätte er nie etwas anderes getrieben. In den Tagen bis zu Kleubers Ankunft half der Alte mit, und es war nötig, denn die Ladentür ging fleißig. Ladidel sah bald, daß hier sein Weizen blühe, und als Kleuber mit seiner Frau auf dem Dampfschiff von Konstanz her ankam und er ihn abholte, packte er schon auf dem Heimwege seine Vorschläge zur künftigen Vergrößerung des Geschäfts aus.

Am nächsten Sonntag spazierten die Freunde samt der jungen Frau zum Rheinfall hinaus, der um diese Jahreszeit reichlich Wasser führte. Hier saßen sie zufrieden unter jungbelaubten Bäumen, sahen das weiße Wasser strömen und zerstäuben und redeten von der vergangenen Zeit.

»Ja«, sagte Ladidel nachdenklich und schaute auf den tobenden Strom hinab, »nächste Woche wäre mein Examen gewesen.«

»Tut dir's nicht leid?« fragte Meta. Ladidel gab keine Antwort. Er schüttelte nur den Kopf und lachte. Dann zog er aus der Brusttasche ein kleines Paket, machte es auf und brachte ein halbes Dutzend feine kleine Kuchen hervor, von denen er den andern anbot und sich selber nahm.

»Du fängst gut an«, lachte Fritz Kleuber. »Meinst du, das Geschäft trage schon so viel?«

»Es trägt's«, nickte Ladidel im Kauen. »Es trägt's und muß noch mehr tragen.«

Hermann Hesse im Suhrkamp Verlag und Insel Verlag

Gesammelte Schriften in sieben Bänden. Leinen und Leder

Gesammelte Briefe in vier Bänden. Unter Mitwirkung von Heiner Hesse herausgegeben von Ursula und Volker Michels. Leinen

Gesammelte Werke. Werkausgabe in den suhrkamp taschenbüchern in zwölf Bänden. st 1600

Gesammelte Erzählungen. Sechs Bände. Geschenkausgabe mit farbigem Dekorüberzug in Schmuckkassette

Die Romane und die großen Erzählungen. Acht Bände. Jubiläumsausgabe mit farbigem Dekorüberzug in Schmuckkassette

Hermann Hesse Lesebücher

Jedem Anfang wohnt ein Zauber inne. Lebensstufen. Zusammengestellt von Volker Michels. Paperback

Eigensinn macht Spaß. Individuation und Anpassung. Zusammengestellt von Volker Michels. Paperback

Wer lieben kann, ist glücklich. Über die Liebe. Zusammengestellt von Volker Michels. Paperback

Die Hölle ist überwindbar. Krisis und Wandlung. Zusammengestellt von Volker Michels. Paperback

Das Stumme spricht. Herkunft und Heimat. Natur und Kunst. Zusammengestellt von Volker Michels. Paperback

Die Einheit hinter den Gegensätzen. Religionen und Mythen. Zusammengestellt von Volker Michels. Paperback

Einzelausgaben

Aus Indien. Aufzeichnungen, Tagebücher, Gedichte, Betrachtungen und Erzählungen. Neu zusammengestellt und ergänzt von Volker Michels. st 562

Aus Kinderzeiten. Gesammelte Erzählungen Band 1. 1900-1905. Zusammengestellt von Volker Michels. st 347

Bäume. Betrachtungen und Gedichte mit Fotografien von Imme Techentin. Zusammenstellung der Texte von Volker Michels. it 455

Bericht aus Normalien. Humoristische Erzählungen, Gedichte und Anekdoten. Herausgegeben und mit einem Nachwort von Volker Michels. st 1308

Berthold. Erzählung. st 1198

Der Bettler. Zwei Erzählungen. Mit einem Nachwort von Max Rychner. st 1376

Casanovas Bekehrung und Pater Matthias. Zwei Erzählungen. st 1196

Dank an Goethe. Betrachtungen, Rezensionen, Briefe. Mit einem Essay von Reso Karalaschwili. Neu zusammengestellt von Volker Michels. it 129

14/1/3.89

Hermann Hesse
im Suhrkamp Verlag und
Insel Verlag

Demian. Die Geschichte von Emil Sinclairs Jugend. BS 95 und st 206

Emil Kolb. Erzählung. st 1202

Die Erzählungen. 2 Bände. Leinen

Der Europäer. Gesammelte Erzählungen Band 3. 1909-1918. Zusammengestellt von Volker Michels. st 384

Franz von Assisi. Mit Fresken von Giotto und einem Essay von Fritz Wagner. it 1069

Freunde. Erzählung. st 1284

Gedenkblätter. Erinnerungen an Zeitgenossen. Neu durchgesehen und um Texte aus dem Nachlaß ergänzt von Volker Michels. st 963

Gedichte des Malers. Zehn Gedichte mit farbigen Zeichnungen. it 893

Die Gedichte. 1892-1962. 2 Bde. Neu eingerichtet und um Gedichte aus dem Nachlaß erweitert von Volker Michels. st 381

Gertrud. Roman. st 890

Das Glasperlenspiel. Versuch einer Lebensbeschreibung des Magister Ludi Josef Knecht samt Knechts hinterlassenen Schriften. Leinen und st 79

Glück. Späte Prosa. Betrachtungen. BS 344

Die Heimkehr. Erzählung. st 1201

Hermann Lauscher. Mit frühen, teils unveröffentlichten Zeichnungen und einem Nachwort von Gunter Böhmer. it 206

Heumond. Erzählung. st 1194

In der alten Sonne. Erzählung. st 1378

Innen und Außen. Gesammelte Erzählungen Band 4. 1919-1955. st 413

Iris. Ausgewählte Märchen. BS 369

Italien. Schilderungen, Tagebücher, Gedichte, Aufsätze, Buchbesprechungen und Erzählungen. Herausgegeben und mit einem Nachwort von Volker Michels. st 689

Josef Knechts Lebensläufe. BS 541

Karl Eugen Eiselein. Erzählung. st 1192

Kinderseele. Erzählung. st 1203

Kindheit des Zauberers. Ein autobiographisches Märchen. Handgeschrieben, illustriert und mit einer Nachbemerkung versehen von Peter Weiss. it 67

Kindheit und Jugend vor Neunzehnhundert. Hermann Hesse in Briefen und Lebenszeugnissen. 1. Band: 1877-1895. 2. Band: 1895-1900. Ausgewählt und herausgegeben von Ninon Hesse. Leinen und st 1002/1150

Klein und Wagner. Novelle. st 116

14/2/3.89

Hermann Hesse
im Suhrkamp Verlag und
Insel Verlag

Kleine Freuden. Verstreute und kurze Prosa aus dem Nachlaß. Herausgegeben und mit einem Nachwort von Volker Michels. st 360

Klingsors letzter Sommer. Erzählung mit farbigen Bildern vom Verfasser. BS 608

Klingsors letzter Sommer. Erzählung. st 1195

Knulp. Drei Geschichten aus dem Leben Knulps. BS 75

Knulp. Drei Geschichten aus dem Leben Knulps. Mit dem Fragment ›Knulps Ende‹. Mit sechzehn Steinzeichnungen von Karl Walser. it 394

Knulp. st 1571

Krisis. Ein Stück Tagebuch. BS 747

Die Kunst des Müßiggangs. Kurze Prosa aus dem Nachlaß. Herausgegeben und mit einem Nachwort von Volker Michels. st 100

Kurgast. Aufzeichnungen von einer Badener Kur. st 383

Ladidel. Erzählung. st 1200

Der Lateinschüler. Erzählung. st 1193

Legenden. Zusammengestellt von Volker Michels. BS 472 und st 909

Lektüre für Minuten. Gedanken aus seinen Büchern und Briefen. Herausgegeben von Volker Michels. Paperback und st 7

Lektüre für Minuten. Gedanken aus seinen Büchern und Briefen. Neue Folge herausgegeben von Volker Michels. st 240

Das Lied des Lebens. Die schönsten Gedichte. Paperback

Eine Literaturgeschichte in Rezensionen und Aufsätzen. Herausgegeben von Volker Michels. st 252

Die Märchen. Zusammengestellt von Volker Michels. st 291

Magie der Farben. Aquarelle aus dem Tessin. Mit Betrachtungen und Gedichten zusammengestellt und mit einem Nachwort versehen von Volker Michels. it 482

Magie des Buches. Betrachtungen. BS 542

Die Marmorsäge. Zwei Erzählungen. st 1381

Mein Glaube. Eine Dokumentation: Betrachtungen, Gedichte, Rezensionen und Briefe. Mit einem Essay von Hermann Kasack. Auswahl und Nachwort von Siegfried Unseld. BS 300

Mit Hermann Hesse durch das Jahr. Mit Reproduktionen von 13 aquarellierten Federzeichnungen von Hermann Hesse. Paperback

Mit Hermann Hesse durch Italien. Ein Reisebegleiter durch Oberitalien. Mit farbigen Fotografien. Herausgegeben von Volker Michels. it 1120

Die Morgenlandfahrt. Eine Erzählung. BS 1 und st 750

14/3/3.89

Hermann Hesse
im Suhrkamp Verlag und
Insel Verlag

Musik. Betrachtungen, Gedichte, Rezensionen und Briefe. Mit einem Essay von Hermann Kasack. Eine Dokumentation. Ausgewählt und zusammengestellt von Volker Michels. BS 483 und st 1217

Narziß und Goldmund. Erzählung. BS 65 und st 274

Die Nürnberger Reise. st 227

Peter Camenzind. Erzählung. st 161

Piktors Verwandlungen. Ein Liebesmärchen, vom Autor handgeschrieben und illustriert, mit ausgewählten Gedichten und einem Nachwort versehen von Volker Michels. Leinen und it 122

Politik des Gewissens. Die politischen Schriften. 1914-1962. 2 Bände. Vorwort von Robert Jungk. Herausgegeben von Volker Michels. Leinen und st 656

Politische Betrachtungen. Ausgewählt von Siegfried Unseld. BS 244

Robert Aghion. Erzählung. st 1379

Roßhalde. Roman. st 312

Schmetterlinge. Betrachtungen, Erzählungen, Gedichte. Zusammengestellt und mit einem Nachwort versehen von Volker Michels. it 385

Schön ist die Jugend. Erzählung st 1380

Schriften zur Literatur. Band 1/2. Leinenkaschiert

Siddhartha. Eine indische Dichtung. BS 227 und st 182

Sinclairs Notizbuch. Mit aquarellierten Federzeichnungen des Verfassers. BS 839

Die späten Gedichte. Mit einer Nachbemerkung. IB 803

Die Stadt. Ein Märchen, ins Bild gebracht v. Walter Schmögner. it 236

Der Steppenwolf. Aquarelle von Gunter Böhmer. BS 869

Der Steppenwolf. Erzählung. st 175

Stufen. Ausgewählte Gedichte. BS 342

Stunden im Garten. Zwei Idyllen. Mit teils farbigen Zeichungen von Gunter Böhmer. IB 999

Tessin. Betrachtungen und Gedichte. Mit Aquarellen des Verfassers. Herausgegeben von Volker Michels. it 1169

Tractat vom Steppenwolf. Nachwort von Beda Allemann. es 84

Unterm Rad. Roman in der Urfassung. Herausgegeben und mit einem Essay von Volker Michels. Illustrationen Gunter Böhmer. Leinen, Leder und BS 981

Unterm Rad. Erzählung. st 52

Der verbannte Ehemann oder Anton Schievelbeyn's ohnfreywillige Reisse nacher Ost-Indien. Handgeschrieben und illustriert von Peter Weiss. Mit einem erstmals veröffentlichten Opernlibretto von Hermann Hesse. it 260

14/4/3.89

Hermann Hesse
im Suhrkamp Verlag und
Insel Verlag

Die Verlobung. Gesammelte Erzählungen Band 2. 1906-1908. st 368

Der vierte Lebenslauf Josef Knechts. Zwei Fassungen. Herausgegeben von Ninon Hesse. BS 181 und st 1261

Vom Baum des Lebens. Ausgewählte Gedichte. Mit einem Nachwort von Volker Michels. IB 454

Von guten Büchern. Rezensionen aus den Jahren 1900-1910. Herausgegeben von Volker Michels in Zusammenarbeit mit Heiner Hesse. Leinen

Von Wesen und Herkunft des Glasperlenspiels. Die vier Fassungen der Einleitung zum Glasperlenspiel. Herausgegeben und mit einem Essay »Zur Entstehung des Glasperlenspiels« von Volker Michels. st 382

Walter Kömpff. Erzählung. st 1199

Wanderung. Aufzeichnungen mit farbigen Bildern vom Verfasser. BS 444

Die Welt der Bücher. Betrachtungen und Aufsätze zur Literatur. Zusammengestellt von Volker Michels. st 415

Der Weltverbesserer und Doktor Knölges Ende. Zwei Erzählungen. st 1197

Der Zwerg. Ein Märchen. Mit Illustrationen von Rolf Köhler. it 636

Der Zyklon. Zwei Erzählungen. st 1377

Briefe

Ausgewählte Briefe. Erweiterte Ausgabe. Zusammengestellt von Hermann Hesse und Ninon Hesse. st 211

Briefe an Freunde. Rundbriefe 1946-1962. Zusammengestellt von Volker Michels. st 380

Hermann Hesse – Rudolf Jakob Humm. Briefwechsel. Herausgegeben von Ursula und Volker Michels. Leinen

Briefwechsel. BS 441

Hermann Hesse – Thomas Mann. Briefwechsel. Mit einem Vorwort von Prof. Theodore Ziolkowski. Aus dem Amerikanischen übersetzt von Ursula Michels-Wenz. Leinen

Hermann Hesse – Peter Suhrkamp. Briefwechsel 1945-1959. Herausgegeben von Siegfried Unseld. Leinen

Aquarelle

Hermann Hesse als Maler. Vierundvierzig Aquarelle. Ausgewählt von Bruno Hesse und Sandor Kuthy. Mit Texten von Hermann Hesse. Leinen

14/5/3.89

Hermann Hesse
im Suhrkamp Verlag und
Insel Verlag

Hermann Hesse – Kalender auf das Jahr 1989. Zwölf Monatsbilder und Deckblatt mit farbigen Reproduktionen von 13 aquarellierten Federzeichnungen von Hermann Hesse

Schallplatte

Hermann Hesse liest ›Über das Alter‹. Zusammengestellt von Volker Michels. Langspiel-Sprechplatte

Materialien, Literatur zu Hermann Hesse

Hermann Hesse. Sein Leben in Bildern und Texten. Mit einem Vorwort von Hans Mayer. Herausgegeben von Volker Michels. Leinen und it 1111

Hermann Hesse. Leben und Werk im Bild. Mit dem ›kurzgefaßten Lebenslauf‹ von Hermann Hesse. it 36

Wie gut, ihn erlebt zu haben! Hermann Hesse in Augenzeugenberichten. Herausgegeben von Volker Michels. Leinen

Materialien zu Hermann Hesses ›Das Glasperlenspiel‹. 2 Bände. Herausgegeben von Volker Michels. st 80/108

Materialien zu Hermann Hesses ›Siddhartha‹. 2 Bände. st 129/282

Materialien zu Hermann Hesses ›Der Steppenwolf‹. Herausgegeben von Volker Michels. st 53

Über Hermann Hesse. Erster Band (1904-1962). Zweiter Band (1963-1977). Herausgegeben von Volker Michels. st 331/332

Hermann Hesses weltweite Wirkung. Internationale Rezeptionsgeschichte. 2 Bände. Herausgegeben von Martin Pfeifer. st 386

Hugo Ball: Hermann Hesse. Sein Leben und sein Werk. st 385

Ralph Freedman: Hermann Hesse. Autor der Krisis. Eine Biographie. Aus dem Amerikanischen von Ursula Michels-Wenz. Kartoniert

Adrian Hsia: Hermann Hesse und China. Darstellung, Materialien und Interpretation. Gebunden und st 673

Gisela Kleine: Zwischen Welt und Zaubergarten. Ninon und Hermann Hesse: Leben im Dialog. st 1384

Joseph Mileck: Hermann Hesse. Dichter, Sucher, Bekenner. Biographie. Aus dem Amerikanischen übersetzt von Jutta und Theodor A. Knust. st 1357

Siegfried Unseld: Begegnungen mit Hermann Hesse. st 218

Siegfried Unseld: Hermann Hesse. Werk und Wirkungsgeschichte. Revidierte und erweiterte Fassung der Ausgabe von 1973. Leinen und it 1112

Theodore Ziolkowski: Der Schriftsteller Hermann Hesse. Wertung und Neuwertung. Deutsch von Ursula Michels-Wenz. Gebunden

14/6/3.89

Siegfried Unseld
im Suhrkamp Verlag und
im Insel Verlag

Der Autor und sein Verleger. Vorlesungen in Mainz und Austin. Leinen und st 1204

Begegnungen mit Hermann Hesse. st 218

Hermann Hesse. Werk und Wirkungsgeschichte. Leinen und it 1112

Peter Suhrkamp. Zur Biographie eines Verlegers in Daten, Dokumenten und Bildern. Vorgelegt von Siegfried Unseld unter Mitwirkung von Helene Ritzerfeld. st 260

Verzeichnis der Veröffentlichungen Siegfried Unselds 1951 bis 1983. Zum 28. September 1984. Leinen

Editionen, Nachworte

Walter Benjamin: Illuminationen. Ausgewählte Schriften. Ausgewählt von Siegfried Unseld. st 345

Zur Aktualität Walter Benjamins. Aus Anlaß des 80. Geburtstags von Walter Benjamin herausgegeben von Siegfried Unseld. st 150

Gunter Böhmer: Dialog ohne Worte. Fünfundsiebzig Zeichnungen. Im Anhang ›Der Dialog des Bildermalers‹ von Siegfried Unseld. Halbleinen im Leinenschuber

Bertolt Brecht: Ausgewählte Gedichte. Auswahl von Siegfried Unseld. Nachwort von Walter Jens. es 86

Bertolt Brechts Dreigroschenbuch. Texte. Materialien. Dokumente. 2 Bde. Herausgegeben von Siegfried Unseld. st 87

Bertolt Brecht: Schriften zum Theater. Über eine nicht-aristotelische Dramatik. Zusammengestellt von Siegfried Unseld. BS 41

Bertolt Brecht: Über Klassiker. Ausgewählt von Siegfried Unseld. BS 287

Deutsches Mosaik. Ein Lesebuch für Zeitgenossen. Herausgegeben von Dieter Hildebrandt und Siegfried Unseld. Leinen

Erste Lese-Erlebnisse. Herausgegeben von Siegfried Unseld. st 250

Begegnungen. Eine Festschrift für Max Frisch zum siebzigsten Geburtstag. Herausgegeben von Siegfried Unseld. Leinen

›Das Tagebuch‹ Goethes und Rilkes ›Sieben Gedichte‹. Erläutert von Siegfried Unseld. IB 1000

Hermann Hesse: Mein Glaube. Eine Dokumentation. Auswahl und Nachwort von Siegfried Unseld. BS 300

Hermann Hesse: Politische Betrachtungen. Ausgewählt von Siegfried Unseld. BS 244

62/1/1.89

Siegfried Unseld
im Suhrkamp Verlag und
im Insel Verlag

Hermann Hesse – Peter Suhrkamp. Briefwechsel 1945-1959. Herausgegeben von Siegfried Unseld. Leinen

Uwe Johnson: Ingrid Babendererde. Reifeprüfung 1953. Mit einem Nachwort von Siegfried Unseld. Leinen und st 1387

Rilkes Landschaft. In Bildern von Regina Richter. Zu Gedichten von Rainer-Maria Rilke. Mit einem Nachwort von Siegfried Unseld. it 588

Rudolf Alexander Schröder: Fülle des Daseins. Bürger – Weltmann – Christ – Mittler – Dichter. Eine Auslese aus dem Werk von Rudolf Alexander Schröder. Ausgewählt von Siegfried Unseld. Leinen und st 1029

Peter Suhrkamp: Briefe an die Autoren. Herausgegeben von Siegfried Unseld. BS 100

62/2/1.89

suhrkamp taschenbücher materialien

Herbert Achternbusch. Herausgegeben von Jörg Drews. stm. st 2015

Apokalypse. Weltuntergangsvisionen in der Literatur des 20. Jahrhunderts. Herausgegeben von Gunter E. Grimm, Werner Faulstich und Peter Kuon. stm. st 2067

Baudelaires ›Blumen des Bösen‹. Herausgegeben von Hartmut Engelhardt und Dieter Mettler. stm. st 2070

Samuel Beckett. Herausgegeben von Hartmut Engelhardt. stm. st 2044

Thomas Bernhard. Werkgeschichte. Herausgegeben von Jens Dittmar. stm. st 2002

Arbeitsbuch Thomas Brasch. Herausgegeben von Margarete Häßel und Richard Weber. stm. st 2076

Brasilianische Literatur. Herausgegeben von Michi Strausfeld. stm. st 2024

Brechts ›Antigone‹. Herausgegeben von Werner Hecht. stm. st 2075

Brechts ›Aufstieg und Fall der Stadt Mahagonny‹. Herausgegeben von Fritz Hennenberg. Mit Abbildungen. stm. st 2081

Brechts ›Dreigroschenoper‹. Herausgegeben von Werner Hecht. stm. st 2056

Brechts ›Gewehre der Frau Carrar‹. Herausgegeben von Klaus Bohnen. stm. st 2017

Brechts ›Guter Mensch von Sezuan‹. Herausgegeben von Jan Knopf. stm. st 2021

Brechts ›Heilige Johanna der Schlachthöfe‹. Herausgegeben von Jan Knopf. stm. st 2049

Brechts ›Herr Puntila und sein Knecht Matti‹. Herausgegeben von Hans Peter Neureuter. stm. st 2064

Brechts ›Kaukasischer Kreidekreis‹. Herausgegeben von Werner Hecht. stm. st 2054

Brechts ›Leben des Galilei‹. Herausgegeben von Werner Hecht. stm. st 2001

Brechts ›Mann ist Mann‹. Herausgegeben von Carl Wege. stm. st 2023

Brechts ›Mutter Courage und ihre Kinder‹. Herausgegeben von Klaus-Detlef Müller. stm. st 2016

Brechts Romane. Herausgegeben von Wolfgang Jeske. stm. st 2042

Brechts ›Tage der Commune‹. Herausgegeben von Wolf Siegert. stm. st 2031

Brechts Theaterarbeit. Seine Inszenierung des ›Kaukasischen Kreidekreises‹ 1954. Herausgegeben von Werner Hecht. stm. st 2062

Brechts Theorie des Theaters. Herausgegeben von Werner Hecht. stm. st 2074

Hermann Broch. Herausgegeben von Paul Michael Lützeler. stm. st 2065

251/1/3.89

suhrkamp taschenbücher materialien

Brochs theoretisches Werk. Herausgegeben von Paul Michael Lützeler und Michael Kessler. stm. st 2090

Brochs ›Tod des Vergil‹. Herausgegeben von Paul Michael Lützeler. stm. st 2095

Brochs ›Verzauberung‹. Herausgegeben von Paul Michael Lützeler. stm. st 2039

Paul Celan. Herausgegeben von Werner Hamacher und Winfried Menninghaus. stm. st 2083

Die deutsche Kalendergeschichte. Ein Arbeitsbuch von Jan Knopf. stm. st 2030

Deutsche Lyrik nach 1945. Herausgegeben von Dieter Breuer. stm. st 2088

Diskurstheorien und Literaturwissenschaft. Herausgegeben von Jürgen Fohrmann und Harro Müller. stm. st 2091

Dramatik der DDR. Herausgegeben von Ulrich Profitlich. stm. st 2072

Marguerite Duras. Herausgegeben von Ilma Rakusa. stm. st 2096

Hans Magnus Enzensberger. Herausgegeben von Reinhold Grimm. stm. st 2040

Max Frisch. Herausgegeben von Walter Schmitz. stm. st 2059

Frischs ›Andorra‹. Herausgegeben von Walter Schmitz und Ernst Wendt. stm. st 2053

Frischs ›Don Juan oder die Liebe zur Geometrie‹. Herausgegeben von Walter Schmitz. stm. st 2046

Frischs ›Homo faber‹. Herausgegeben von Walter Schmitz. stm. st 2028

Geschichte als Schauspiel. Deutsche Geschichtsdramen. Interpretationen. Herausgegeben von Walter Hinck. stm. st 2006

Peter Handke. Herausgegeben von Raimund Fellinger. stm. st 2004

Wolfgang Hildesheimer. Herausgegeben von Volker Jehle. stm. st 2103

Friedrich Hölderlin. Studien von Wolfgang Binder. Herausgegeben von Elisabeth Binder und Klaus Weimar. stm. st 2082

Ludwig Hohl. Herausgegeben von Johannes Beringer. stm. st 2007

Ödön von Horváth. Herausgegeben von Traugott Krischke. stm. st 2005

Horváth-Chronik. Von Traugott Krischke. stm. st 2089

Horváths Stücke. Herausgegeben von Traugott Krischke. stm. st 2092

Horváths Prosa. Herausgegeben von Traugott Krischke. stm. st 2094

Horváths ›Geschichten aus dem Wiener Wald‹. Herausgegeben von Traugott Krischke. stm. st 2019

Horváths ›Jugend ohne Gott‹. Herausgegeben von Traugott Krischke. stm. st 2027

Horváths ›Lehrerin von Regensburg. Der Fall Elly Maldaque‹. Dargestellt und dokumentiert von Jürgen Schröder. stm. st 2014

251/2/3.89

suhrkamp taschenbücher materialien

Peter Huchel. Herausgegeben von Axel Vieregg. stm. st 2048
Johnsons ›Jahrestage‹. Herausgegeben von Michael Bengel. stm. st 2057
Uwe Johnson. Herausgegeben von Rainer Gerlach und Matthias Richter. stm. st 2061
Joyces ›Dubliner‹. Herausgegeben von Klaus Reichert, Fritz Senn und Dieter E. Zimmer. stm. st 2052
Juden in der deutschen Literatur. Ein deutsch-israelisches Symposion. Herausgegeben von Stéphane Moses und Albrecht Schöne. stm. st 2063
Der junge Kafka. Herausgegeben von Gerhard Kurz. stm. st 2035
Kafka. Der Schaffensprozeß. Von Hartmut Binder. stm. st 2026
Kaiser, Gerhard: Geschichte der deutschen Lyrik von Goethe bis zur Gegenwart. 3 Bde. stm. st 2087
Marie Luise Kaschnitz. Herausgegeben von Uwe Schweikert. stm. st 2047
Alexander Kluge. Herausgegeben von Thomas Böhm-Christl. stm. st 2033
Wolfgang Koeppen. Herausgegeben von Eckart Oehlenschläger. stm. st 2079
Franz Xaver Kroetz. Herausgegeben von Otto Riewoldt. stm. st 2034
Landschaft. Herausgegeben von Manfred Smuda. stm. st 2069
Lateinamerikanische Literatur. Herausgegeben von Michi Strausfeld. stm. st 2041
Einladung, Hermann Lenz zu lesen. Herausgegeben von Rainer Moritz. stm. st 2099
Literarische Klassik. Herausgegeben von Hans-Joachim Simm. stm. st 2084
Literarische Utopie-Entwürfe. Herausgegeben von Hiltrud Gnüg. stm. st 2012
Literaturverfilmungen. Herausgegeben von Volker Roloff und Franz-Josef Albersmeier. stm. st 2093
Karl May. Herausgegeben von Helmut Schmiedt. stm. st 2025
Karl Mays ›Winnetou‹. Herausgegeben von Dieter Sudhoff und Hartmut Vollmer. stm. st 2102
Friederike Mayröcker. Herausgegeben von Siegfried J. Schmidt. stm. st 2043
E. Y. Meyer. Herausgegeben von Beatrice von Matt. stm. st 2022
Moderne chinesische Literatur. Herausgegeben von Wolfgang Kubin. stm. st 2045
Adolf Muschg. Herausgegeben von Manfred Dierks. stm. st 2086
Paul Nizon. Herausgegeben von Martin Kilchmann. stm. st 2058

251/3/3.89

suhrkamp taschenbücher materialien

Die Parabel. Parabolische Formen in der deutschen Dichtung des 20. Jahrhunderts. Herausgegeben von Theo Elm und Hans H. Hiebel. stm. st 2060

Plenzdorfs ›Neue Leiden des jungen W.‹ Herausgegeben von Peter J. Brenner. stm. st 2013

Der Reisebericht. Die Entwicklung einer literarischen Gattung. Herausgegeben von Peter J. Brenner. stm. st 2097

Rilkes ›Duineser Elegien‹. Band 1: Selbstzeugnisse. Herausgegeben von Ulrich Fülleborn und Manfred Engel. stm. st 2009

Rilkes ›Duineser Elegien‹. Band 2: Forschungsgeschichte. Herausgegeben von Ulrich Fülleborn und Manfred Engel. stm. st 2010

Rilkes ›Duineser Elegien‹. Band 3: Rezeptionsgeschichte. Herausgegeben von Ulrich Fülleborn und Manfred Engel. stm. st 2011

Rilkes ›Duineser Elegien‹. Drei Bände in Kassette. Herausgegeben von Ulrich Fülleborn und Manfred Engel. stm. st 2009-2011

Die Strindberg-Fehde. Herausgegeben von Klaus von See. stm. st 2008

Karin Struck. Herausgegeben von Hans Adler und Hans Joachim Schrimpf. stm. st 2038

Sturz der Götter. Vaterbilder in Literatur, Medien und Kultur des 20. Jahrhunderts. Herausgegeben von Werner Faulstich und Gunter E. Grimm. stm. st 2098

Superman. Eine Comic- Serie und ihr Ethos. Von Thomas Hausmanninger. stm. st 2100

Über das Klassische. Herausgegeben von Rudolf Bockholdt. stm. st 2077

Martin Walser. Herausgegeben von Klaus Siblewski. stm. st 2003

Robert Walser. Herausgegeben von Klaus-Michael Hinz. stm. st 2104

Ernst Weiß. Herausgegeben von Peter Engel. stm. st 2020

Peter Weiss. Herausgegeben von Rainer Gerlach. stm. st 2036

Peter Weiss' ›Die Ästhetik des Widerstands‹. Herausgegeben von Alexander Stephan. stm. st 2032

251/4/3.89

Religion und östliche Weisheit in den suhrkamp taschenbüchern

Edward Conze: Eine kurze Geschichte des Buddhismus. Übersetzt, herausgegeben und mit einem Nachwort versehen von Friedrich Wilhelm. st 1297

Mircea Eliade: Kosmos und Geschichte. Der Mythos der ewigen Wiederkehr. Ins Deutsche übertragen von Günther Spaltmann. st 1273

– Yoga. Unsterblichkeit und Freiheit. st 1127

Die Mitte der Welt. Aufsätze zu Mircea Eliade. Herausgegeben von Hans Peter Duerr. st 981

Erich Fromm / Daisetz Teitaro Suzuki / Richard de Martino: Zen-Buddhismus und Psychoanalyse. Die Übersetzung besorgte Marion Steipe. st 37

Hans Jonas: Der Gottesbegriff nach Auschwitz. Eine jüdische Stimme. st 1516

Yoshida Kenkō: Betrachtungen aus der Stille. Das Tsurezuregusa. Aus dem Japanischen übertragen, erläutert und mit einem Nachwort versehen von Oscar Benl. st 1227

Werner Koch: Der Prozeß Jesu. Versuch eines Tatsachenberichts. Mit einem Vorwort von Josef Blinzler. st 1362

Gopi Krishna / Carl Friedrich von Weizsäcker: Die biologische Basis der religiösen Erfahrung. st 1557

Elaine Pagels: Versuchung durch Erkenntnis. Die gnostischen Evangelien. Aus dem Amerikanischen von Angelika Schweikhart. st 1456

Erwin Rousselle: Lau-Dsis Weg durch Seele, Geschichte und Welt. Herausgegeben und mit einem Nachwort versehen von Walter Haug. st 1392

Frederic Spiegelberg: Die lebenden Weltreligionen. Aus dem Amerikanischen von Dora Fischer-Barmicol. st 1305

Arthur Waley: Lebensweisheit im Alten China. Aus dem Englischen von Franziska Meister-Weidner. st 217

Alan Watts: Der Lauf des Wassers. Eine Einführung in den Taoismus. Unter Mitarbeit von Al Chung-liang Huang. Aus dem Amerikanischen von Susanne Schaup. st 878

– Vom Geist des Zen. Aus dem Amerikanischen von Julius Schwabe. st 1288

Hellmut Wilhelm: Die Wandlung. Acht Essays zum I Ging. Mit einem Nachwort von Wolfgang Bauer. st 1146

Heinrich Zimmer: Kunstform und Yoga im indischen Kultbild. Herausgegeben von Friedrich Wilhelm. st 1433

264/1/6.89